詩画の独り言・おもしろはんどくらふと

神林二郎

東京図書出版

詩のおもい

人は吾
吾は
何処へ
止まるや
心して
おもうが
儘に
ここに集う
この
一遍に
何を
語らん
何を
黙らん

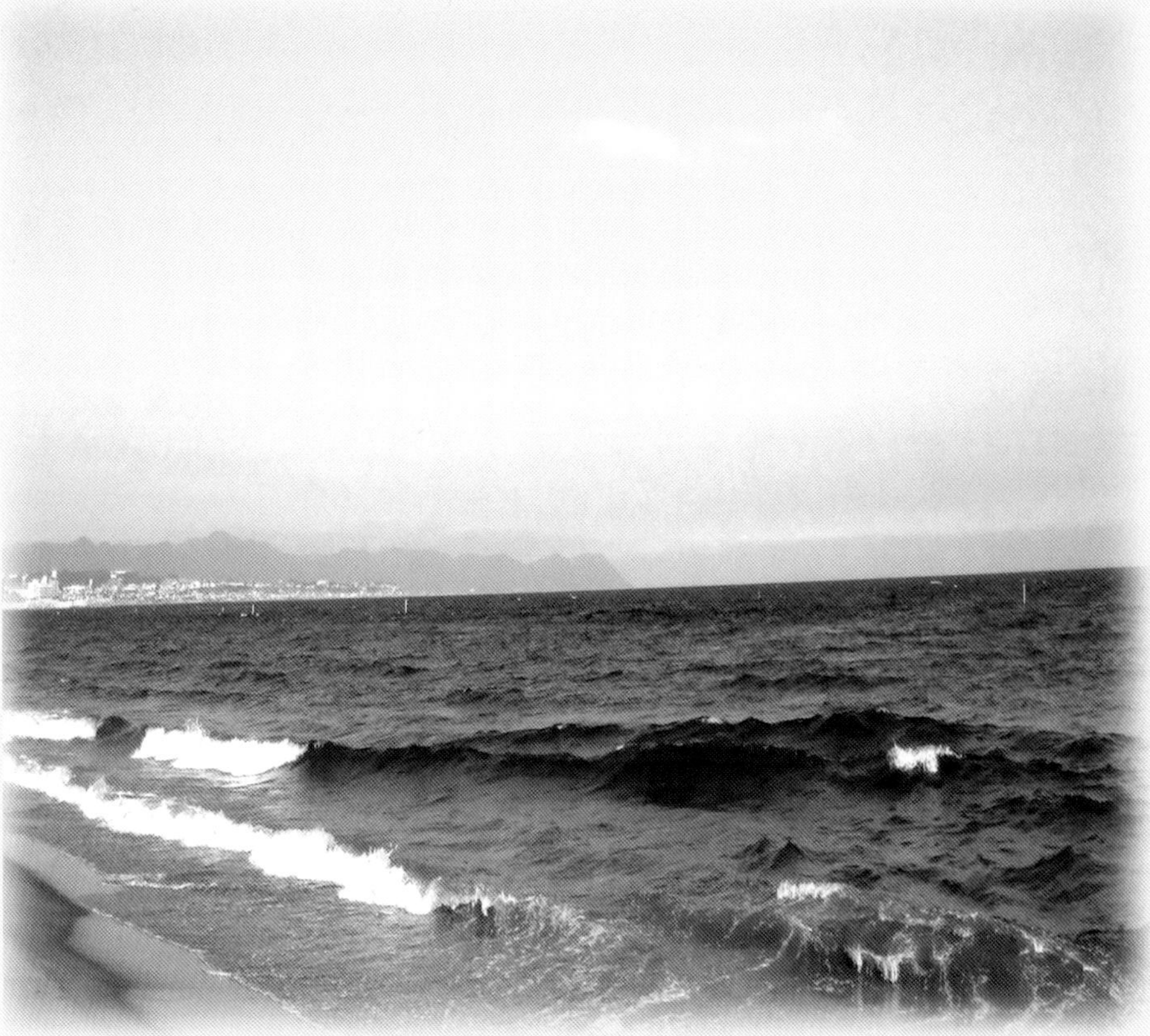

大森海岸

もくじ　掲載詩画

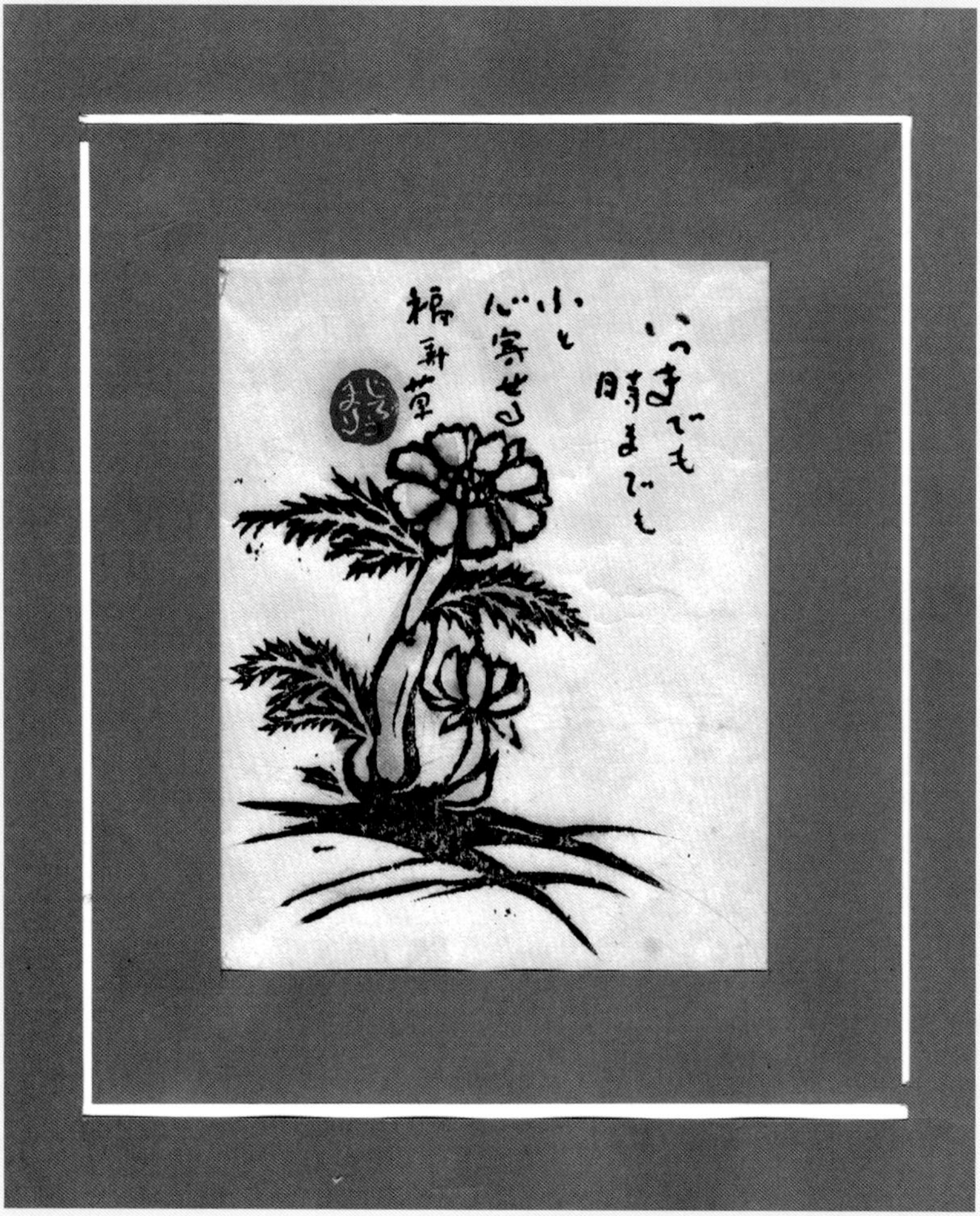

いつまでも……

運命共同体宣言

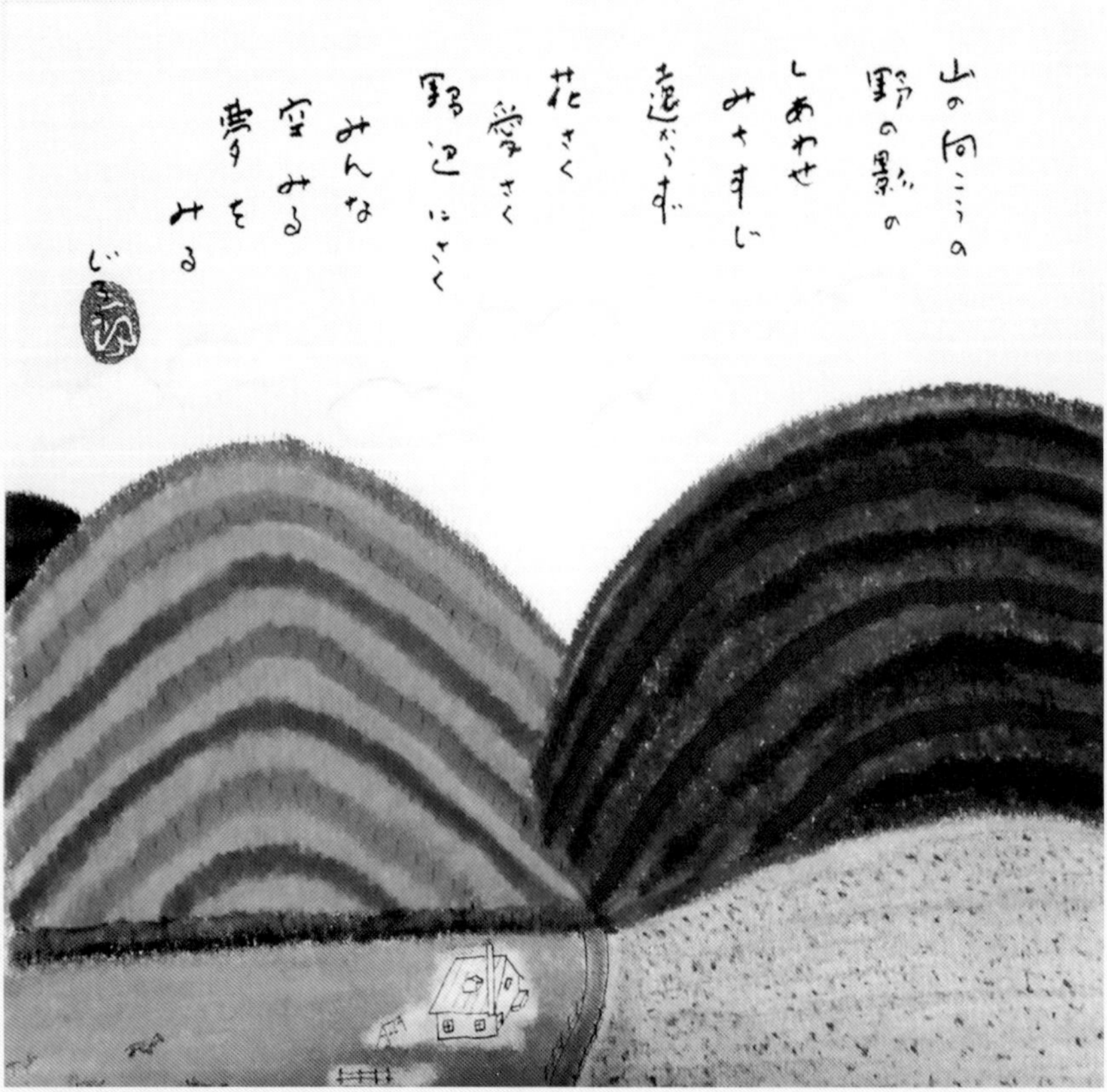
山の向こうの
野の影の
しあわせ
みちすじ
遠からず
花さく
愛さく
野辺にさく
みんな
空みる
夢をみる

恵山遠景

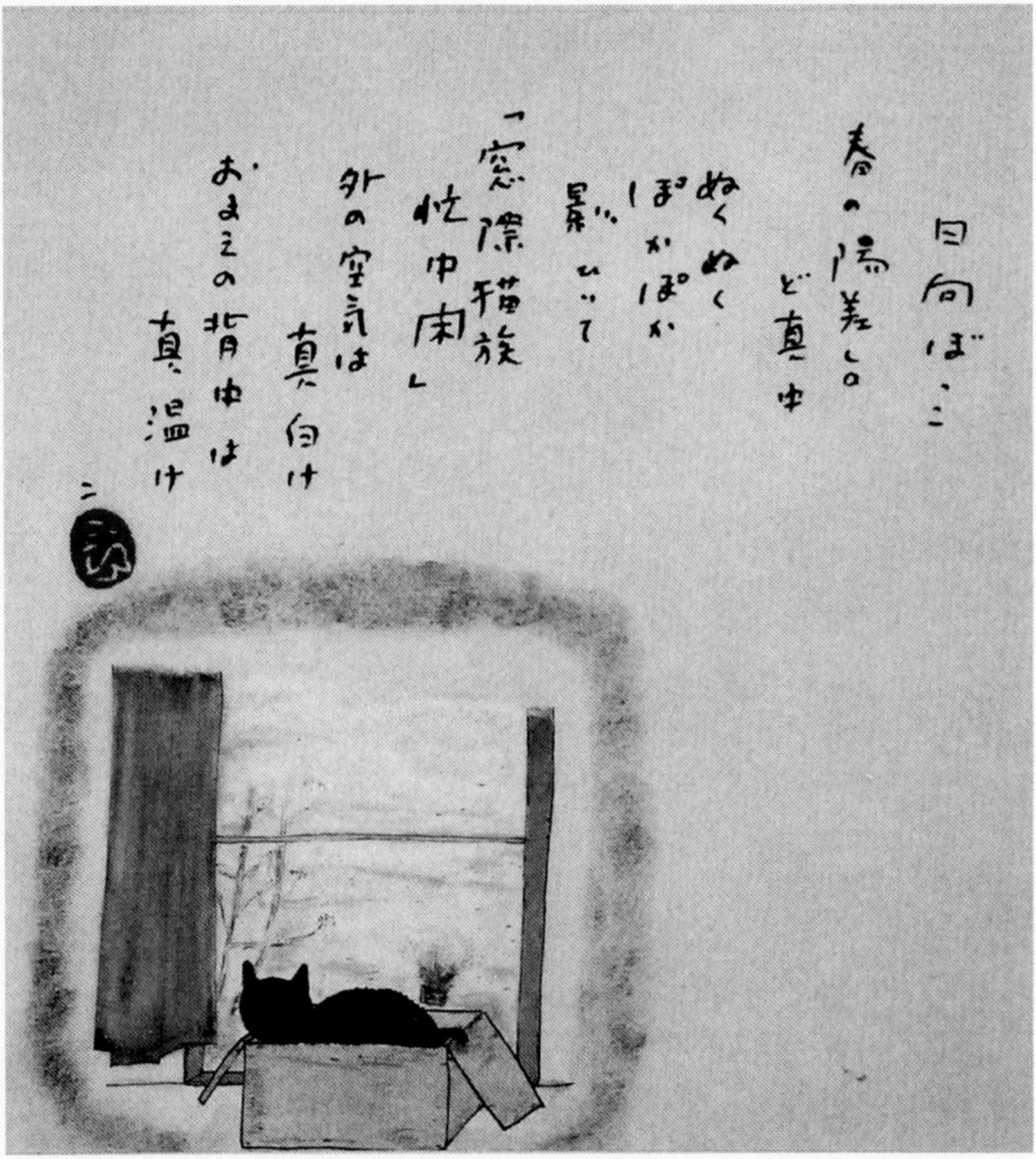
日向ぼっこ
春の陽差しの ど真中
ぬくぬく
ぽかぽか
影ひって
「窓際猫族 忙中閑」
外の空気は 真っ白け
おまえの背中は 真っ温け

日向ぼっこ……

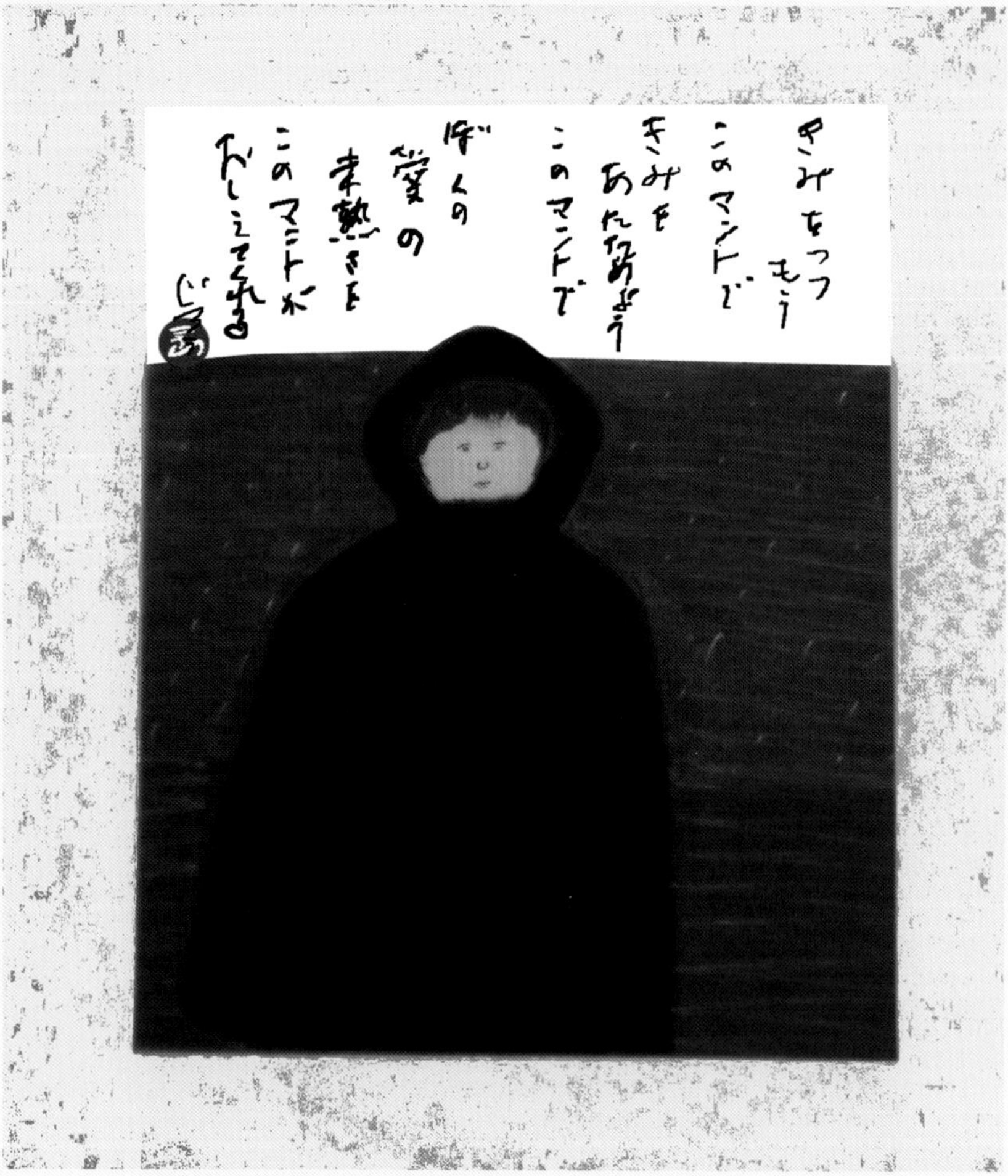
さみなってもう
このマントで
きみを
あたためよう
このマントで
ぼくの
愛の
未熟さを
このマントが
おしえてくれる

暖かいマント

童になれ
首をかしげて
庭に咲く
春の萌える日の
椿夢みる

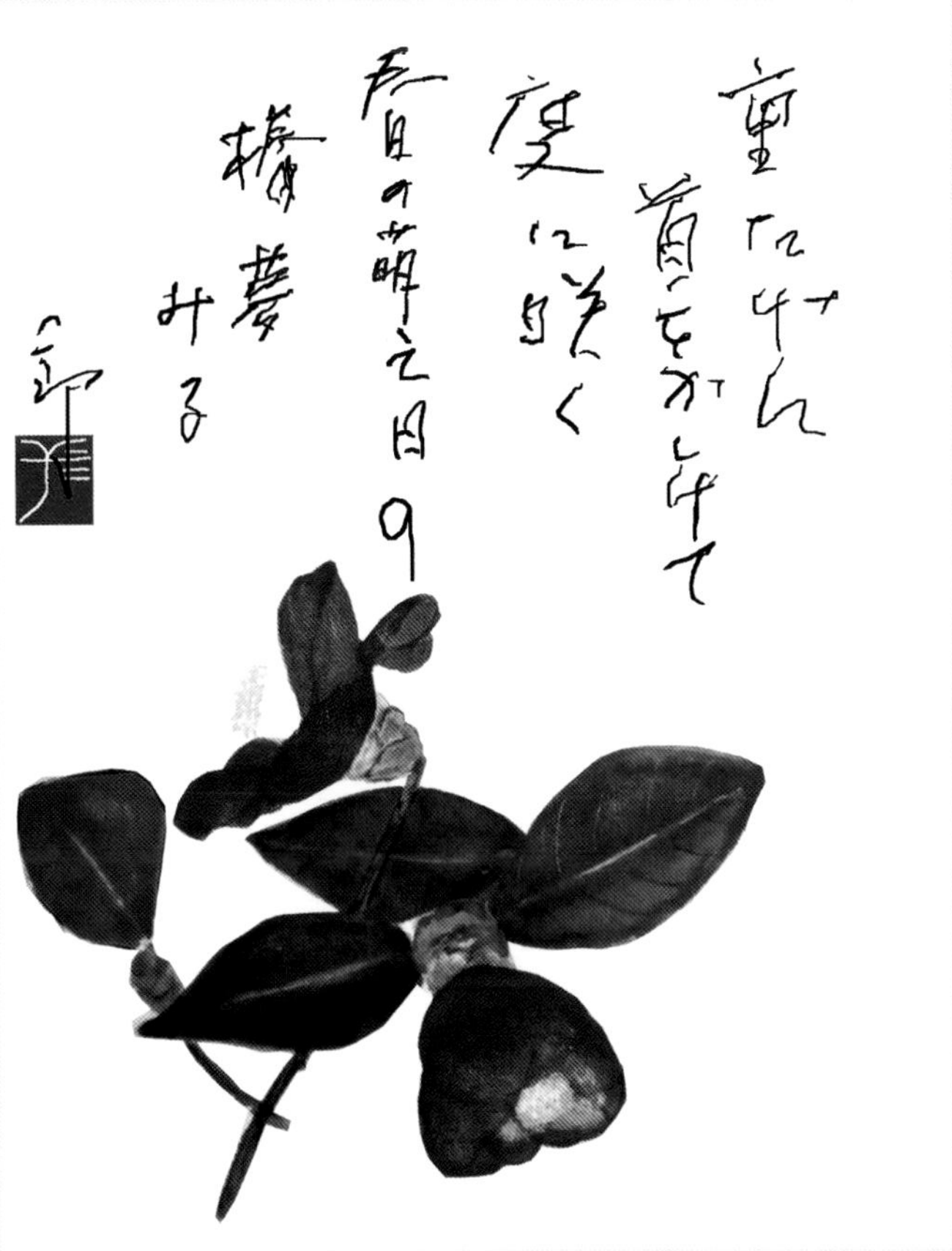

椿もえ……

クリスマス・ツリー

雪明かりに
誘われて
夜の
とばりに舞い散る

そこは一面の
神のくに
こころやさしき
もの達の
住むところ

光射すゆらぎの
世界
ただ、ただ無為に
浸る

クリスマス・・・
ローソクの火が
こうもいとおしくクリスマス
クリスマス・・・・

じろう

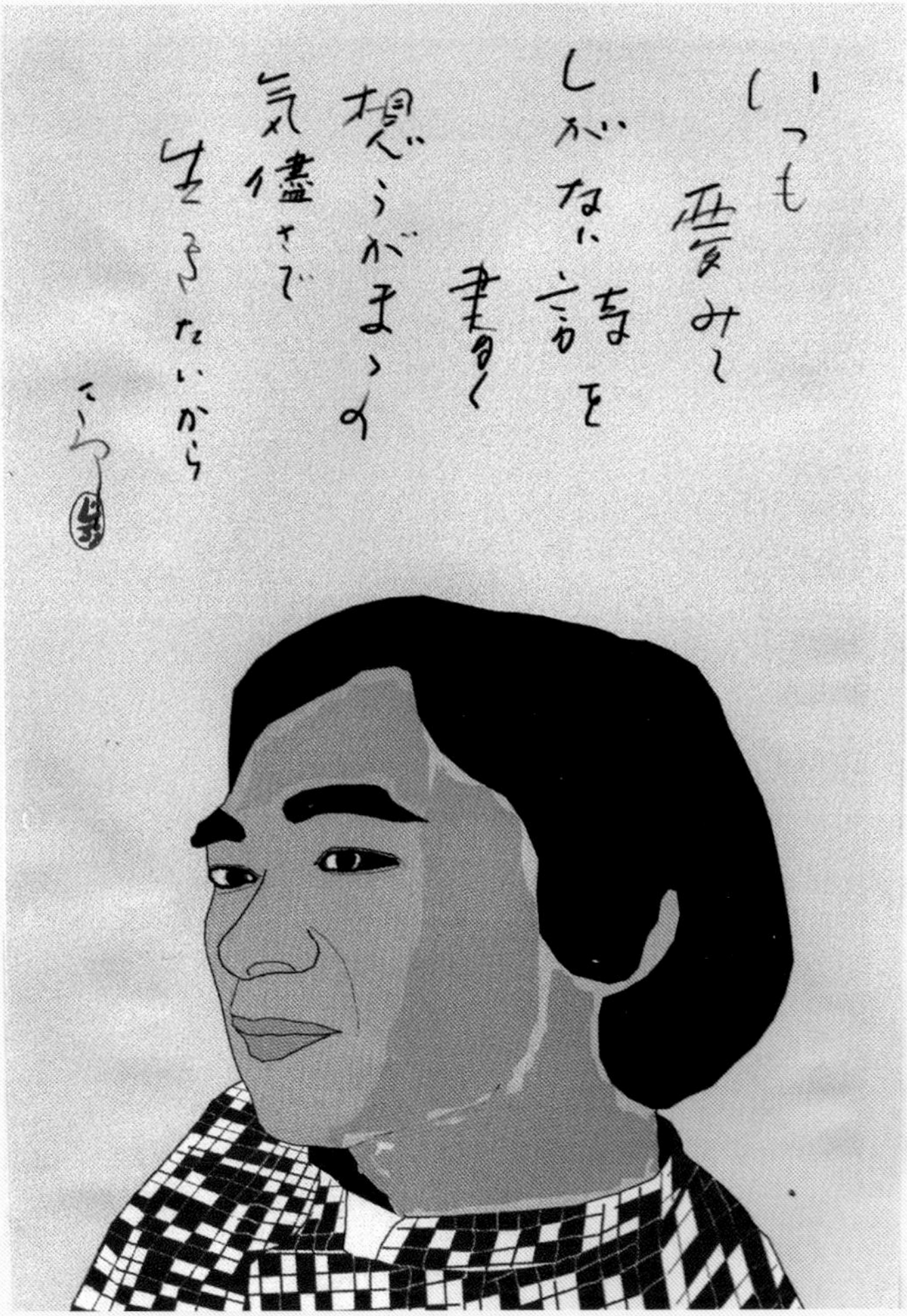
いつも
しがない詩を
書く
想うがまゝの
気儘さで
生きたいから

自画像

料理一心

新鮮な具があればいい
こころに閑があればいい
常時一身に捨てればいい

醤油にまみれ
味噌に囲まれ
砂糖に絡まり
　具はよみがえる

何をか云わん
何をか語らん

料理は
　魂をうつす
料理は
　人をうつす

思い煩うな
一心に注げ
　料理は愛なり

じろう

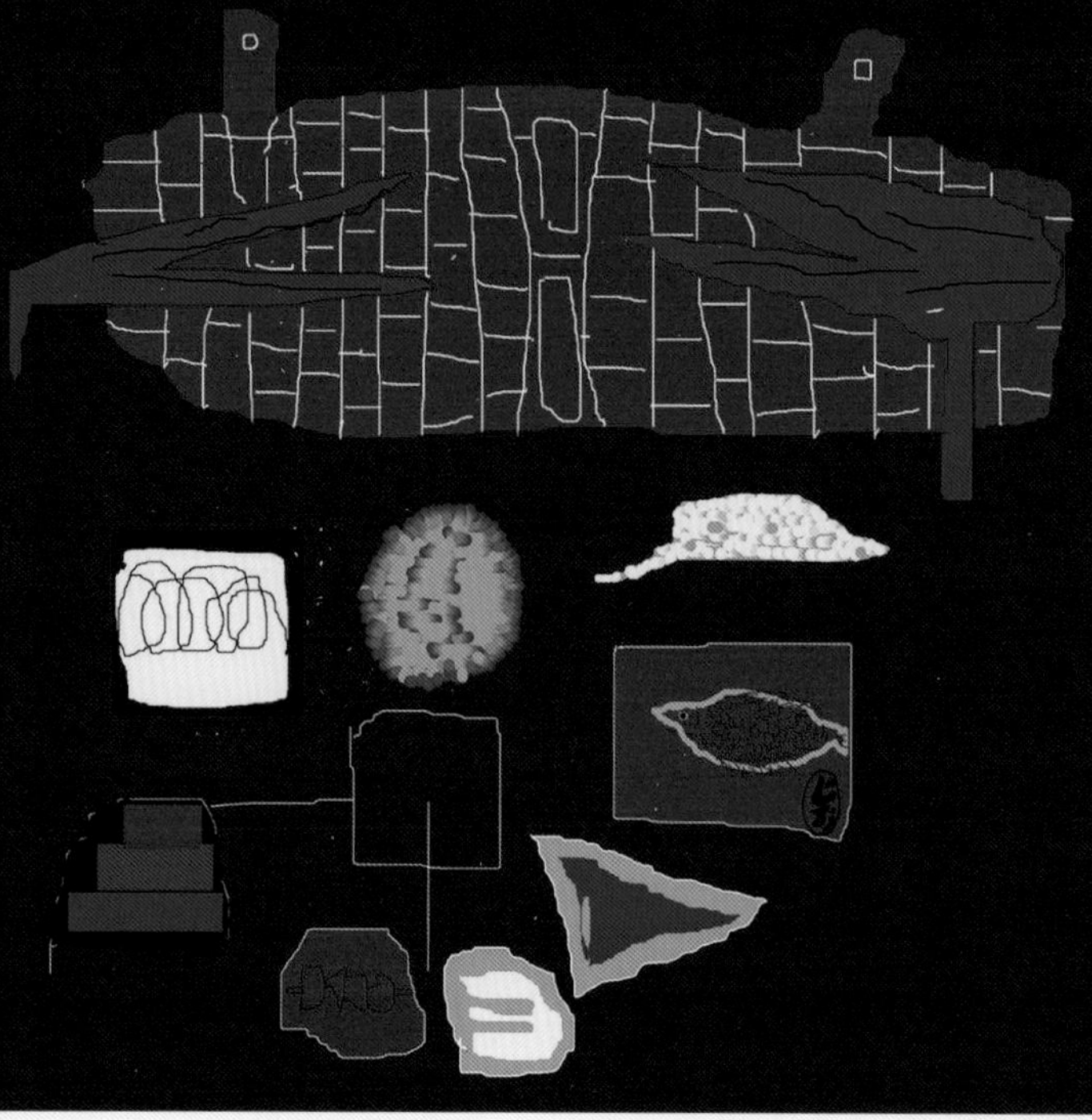

料理一心

ピアノのささやき

風がまう
　音が寄り添い
夜のしじまに
　溶け込む

ときには
激しく
時には
　やさしく
時には
　蜜のように
囁く

あなたには
こころの中で
ためらいもなく
　今日を生きる
あなたは
　心の中で
　躊躇せず
　　明日を生きる

すべからく
時空のかなたへ

音界の
無限ないのち

風のごとく・・・
　火のごとく・・・・

じろう

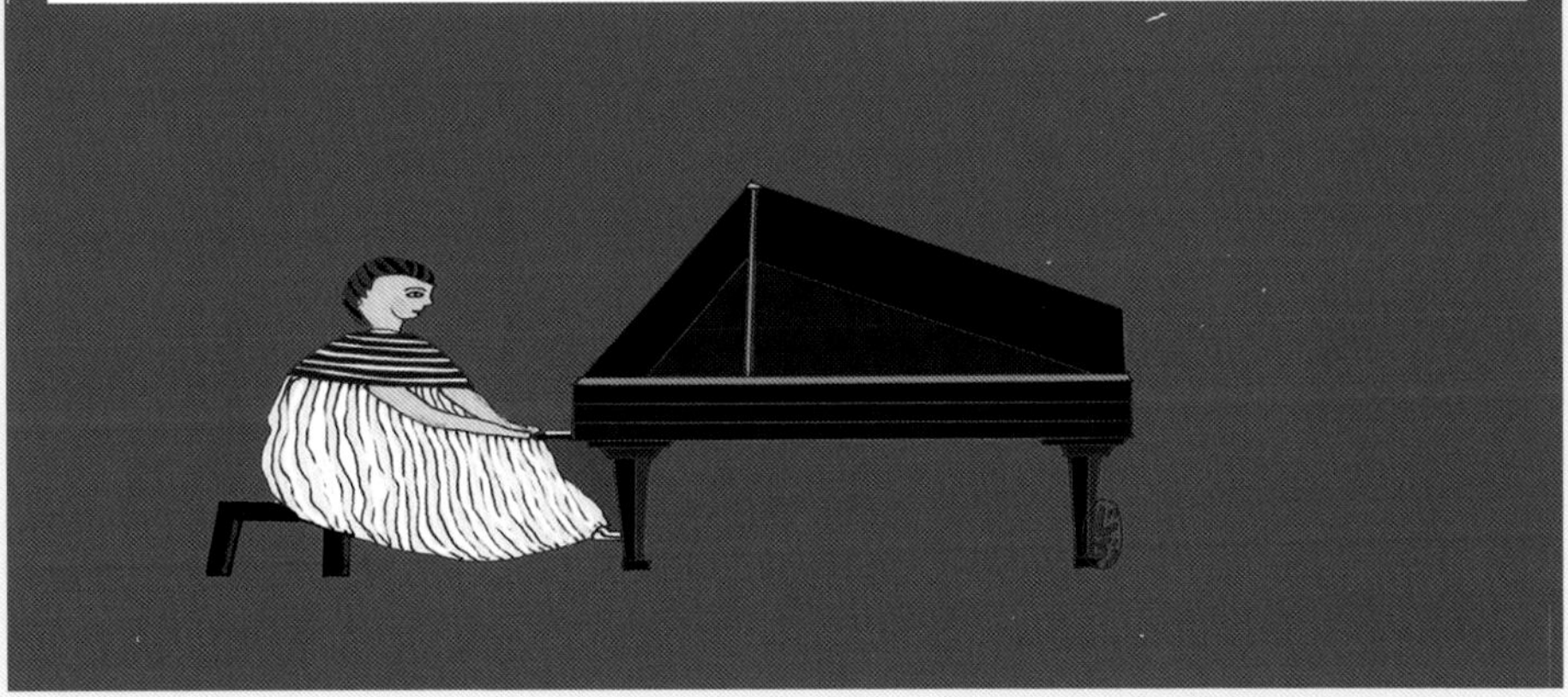

雪だるま

雪ん子
ころころ降っている
よけても　よけても
真っ白け
雪ん子
ずんずん積もってる
掃いても　掃いても
山のやま
僕らは　みんな
雪の子だ
明日も一緒に遊ぼうよ
明日も一緒の友達さ
じろう

夜空

夜空が煌く
あの凄まじい
高まりを
見るがいい
あの息詰まる
旋律を
夜空の語らいは
等しく
我のこころに内在するもの
二郎

かれい　一

鰈を七輪で
パタパタと焼く
磯臭さがたまらん
お前はどこに　いったのだろう
けっして
美しくはないのだが
腹にぐさりと　刺さりつく
嗚呼ー、
怨し難い
夢　また　ゆめの
雄姿かな

二郎

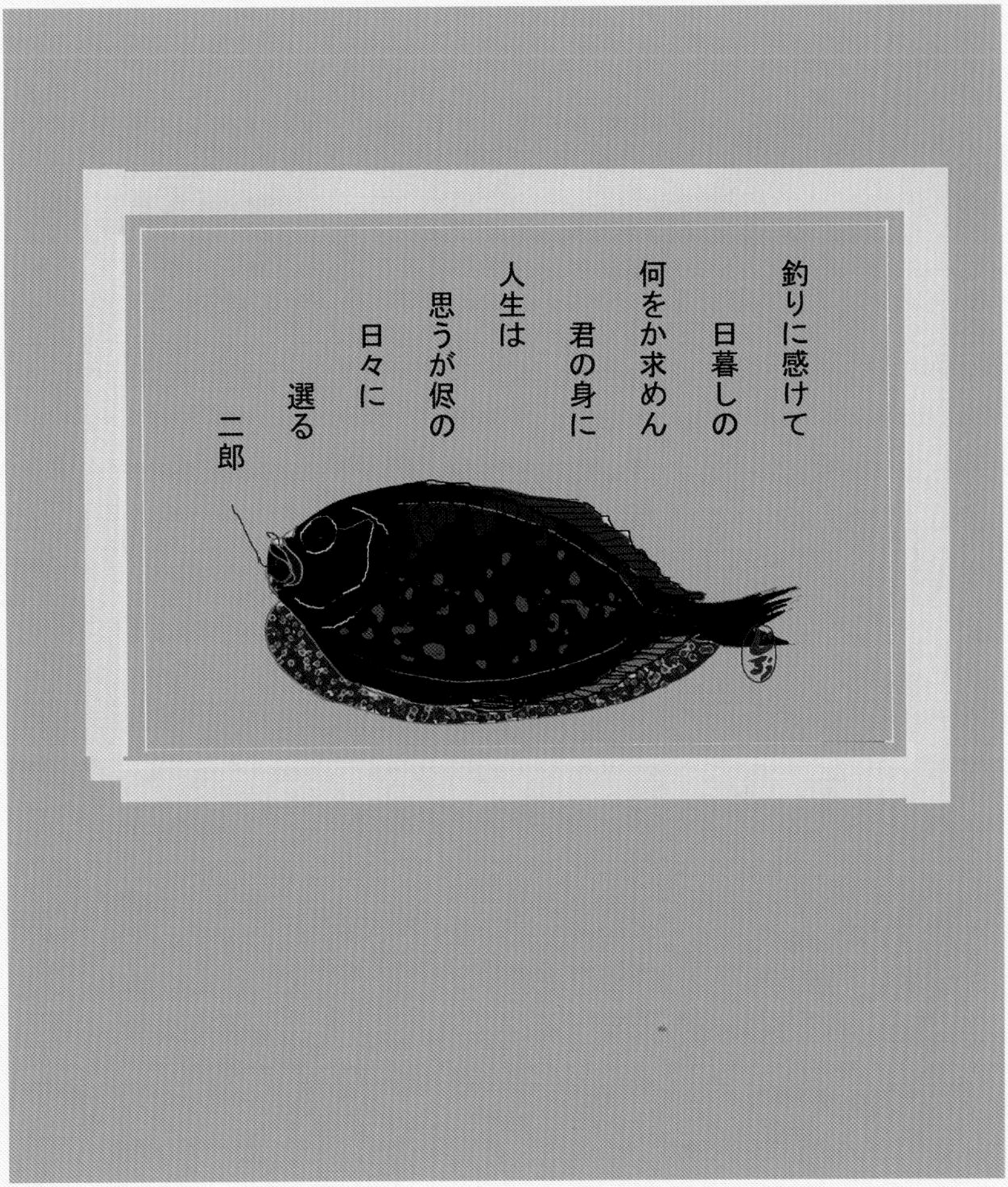

釣りに感けて
日暮しの
何をか求めん
君の身に
人生は
思うが侭の
日々に
選る
二郎

かれい　二

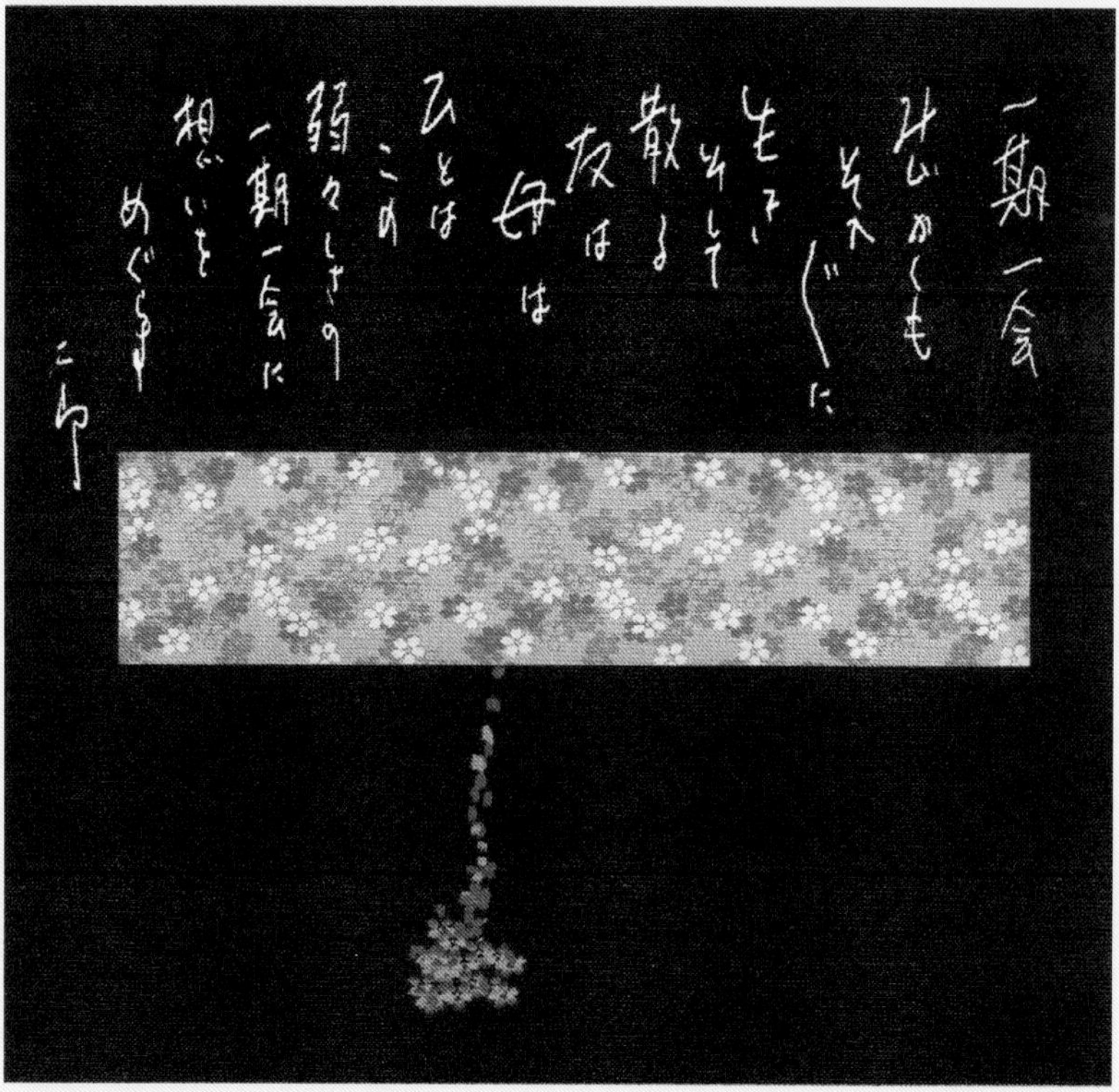
一期一会
はかなくも
それぞれに
生きて
そして
散る
友は
母は
人とは
これ
弱々しさの
一期一会に
想いを
めぐらす

一期一会

のんくれ
とうさん

ちょっと太めの
のんくれで
一見クールな
お人よし

テレビや
新聞見ながらも
つぶやき
いかりも
ほどほどに
今日も
のんくれくりかえす

じろう

のんくれ父さん

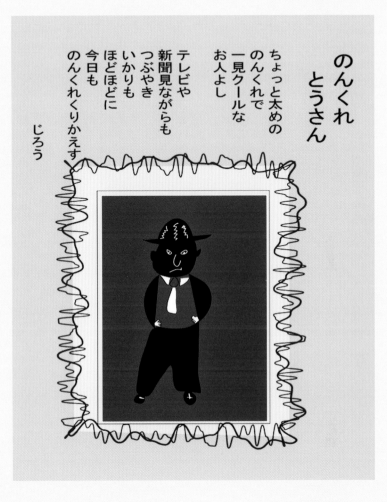

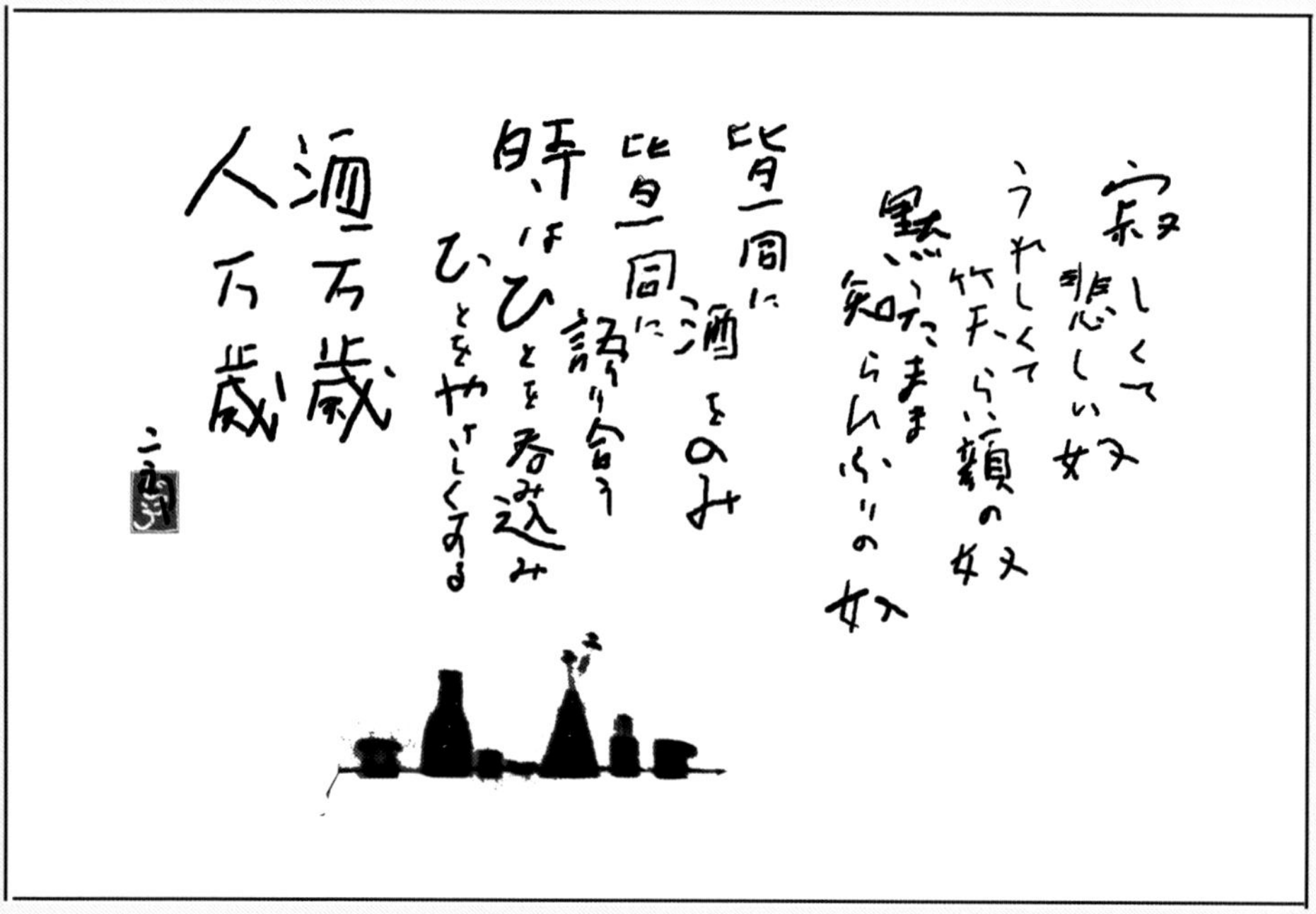
寂しくて
悲しい奴
うれしくて
笑らい顔の奴
黙ったまま
知らんふりの奴
皆一同に
酒をのみ
皆一同に
語り合う
酔はひとを呑み込み
ひとをやさしくする
酒万歳
人万歳

酒の詩　一

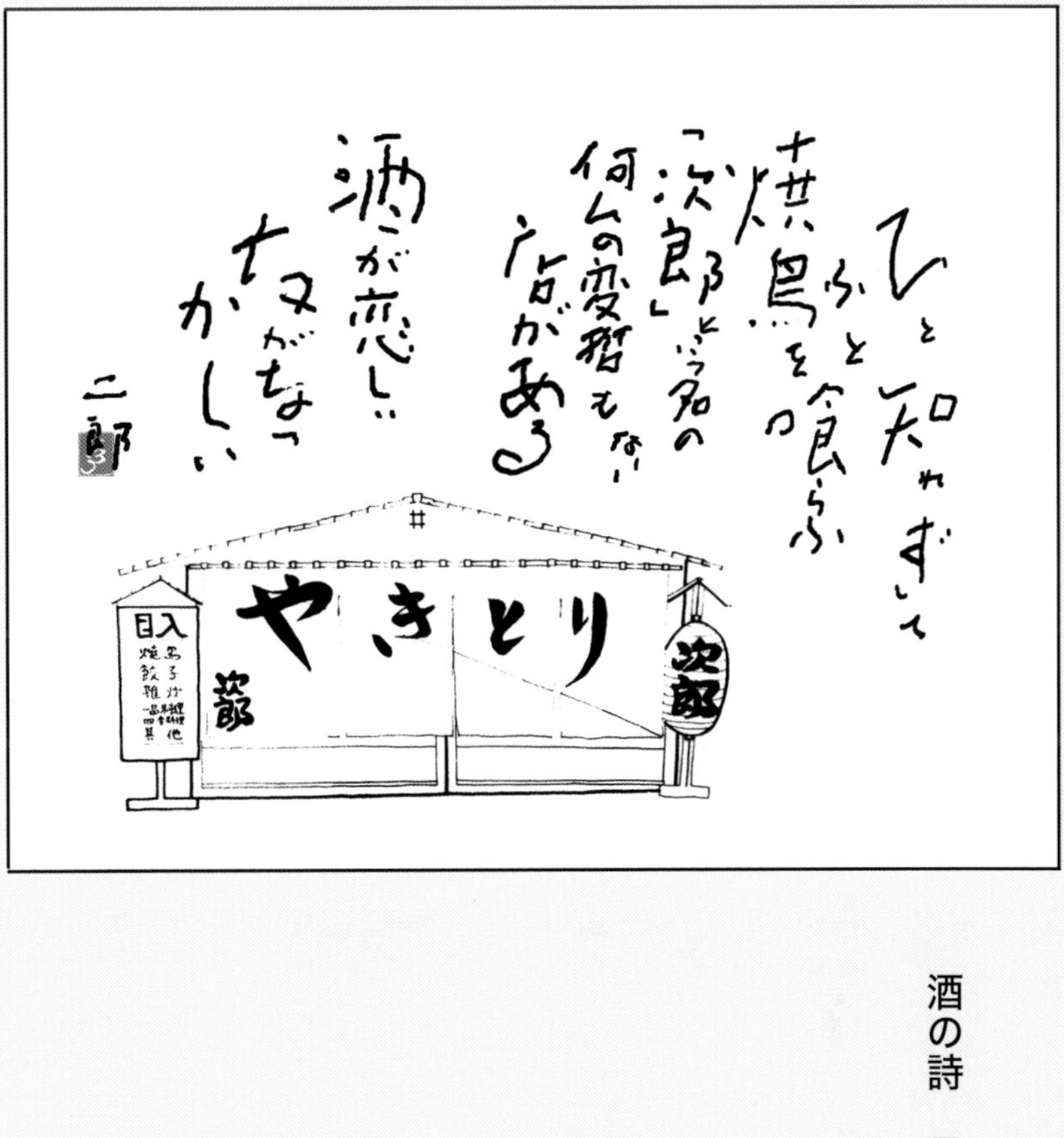
ひと知れずいて
ふと焼鳥を喰らふ
「次郎」という名の
何の変哲もない
店がある
酒が恋しい
友がなつかしい
二郎
やきとり
次郎

酒の詩　二

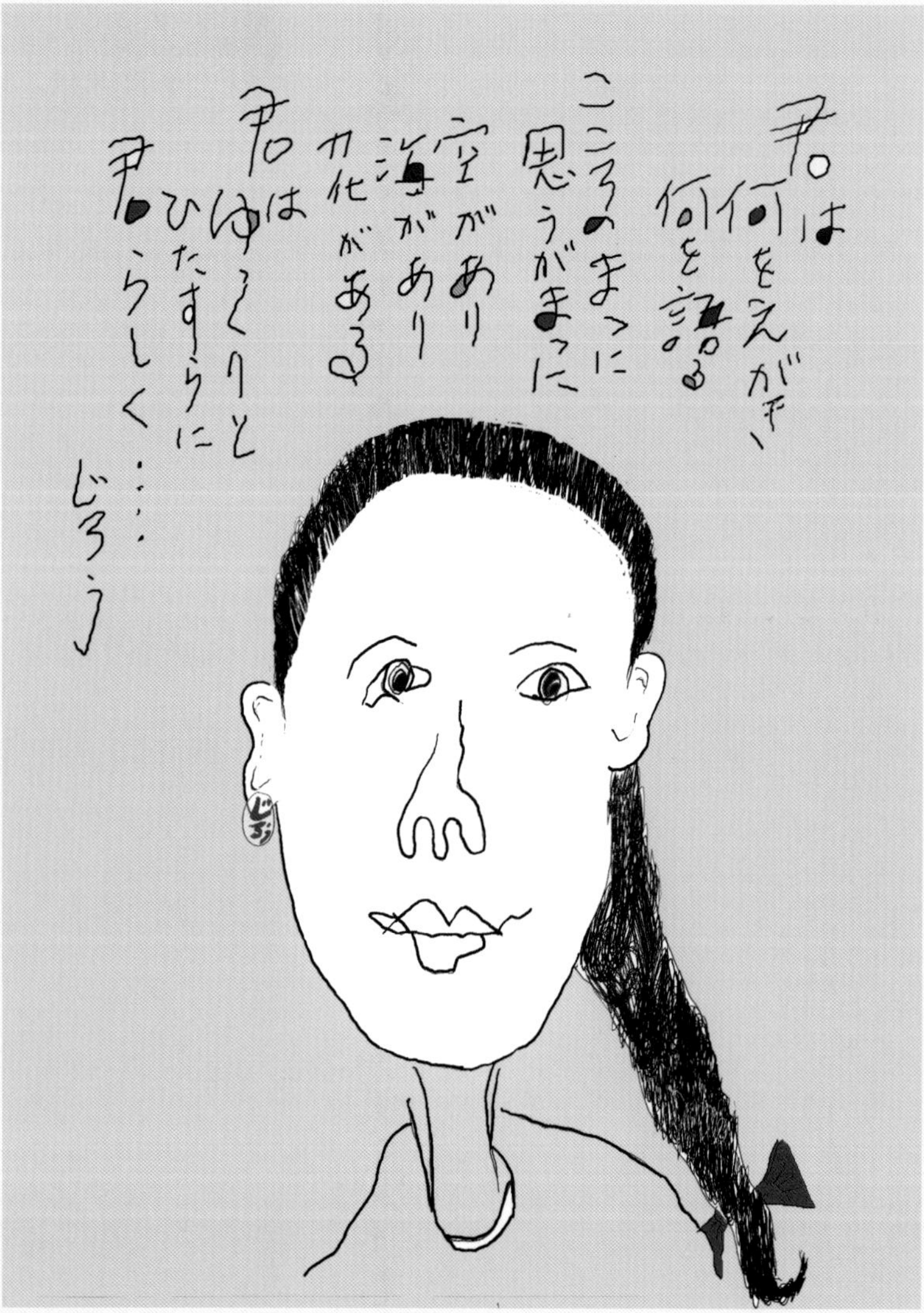
君は
何をえがき、
何を語る
こころのままに
思うがままに
空があり
海があり
花がある
君はゆっくりと
ひたすらに
君らしく・・・・
じろう

画家　リキヤ

愛子ちゃん人形

あなたは
　夢みて過ぎる
今日のおわりに
明日のはじまりに
　想いえがきながら

ひとつ
ひとつ創りだす

よろこびが
　風のように舞い
かなしみが
　地に沈もうと

あなたが
あなたで有り続けるまで

あなたの
　こころの思うがままに
あなたの
　愛が満ち途切れるまで

じろう

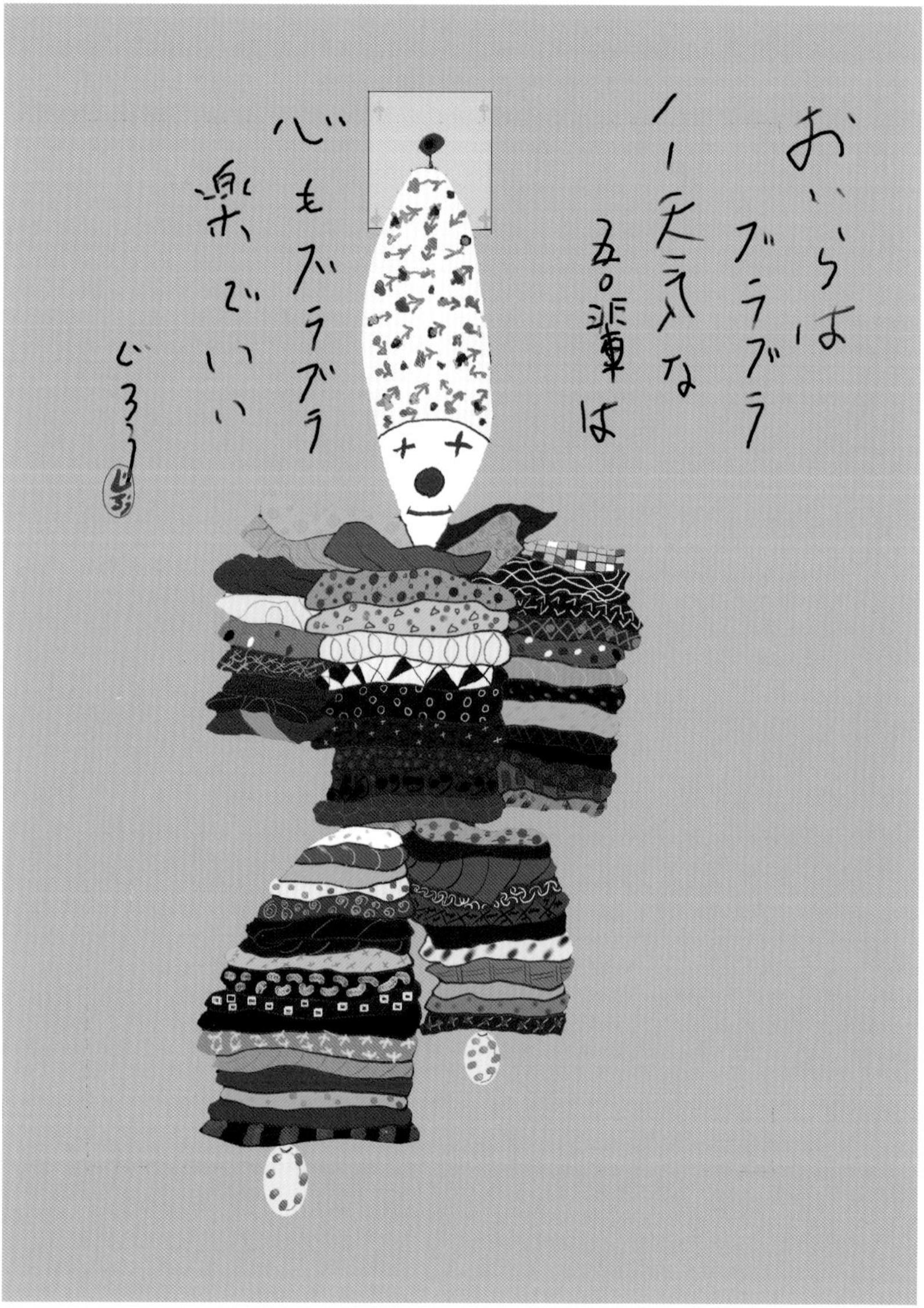
おいらは
ブラブラ
ノー天気な
吾輩は
心もブラブラ
楽でいい
じろう

ブラブラ人形

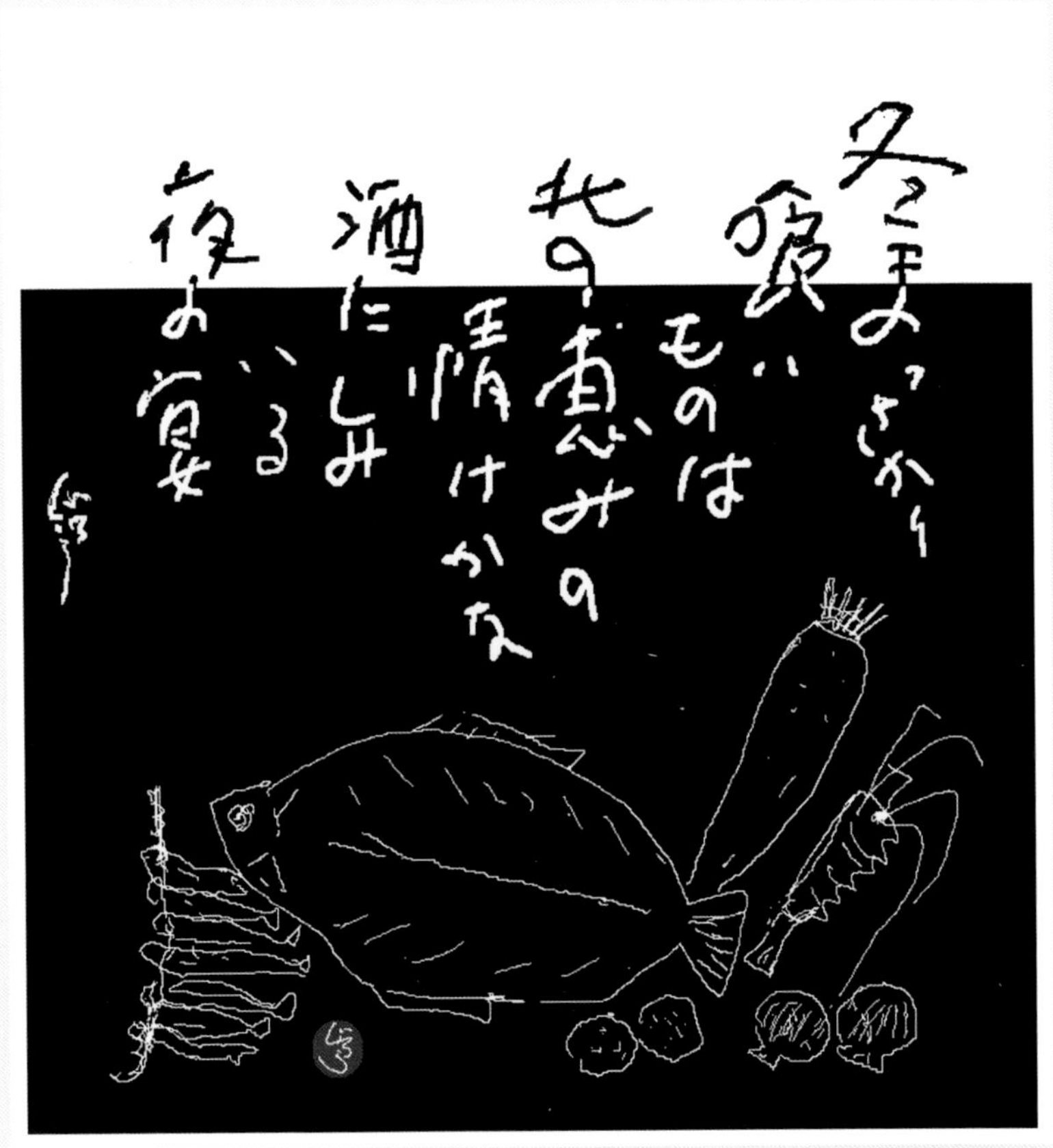
冬まっさかり
食いものは
北の恵みの
情けかな
酒にしみいる
夜の宴

北の肴たち

冬山のスロープ

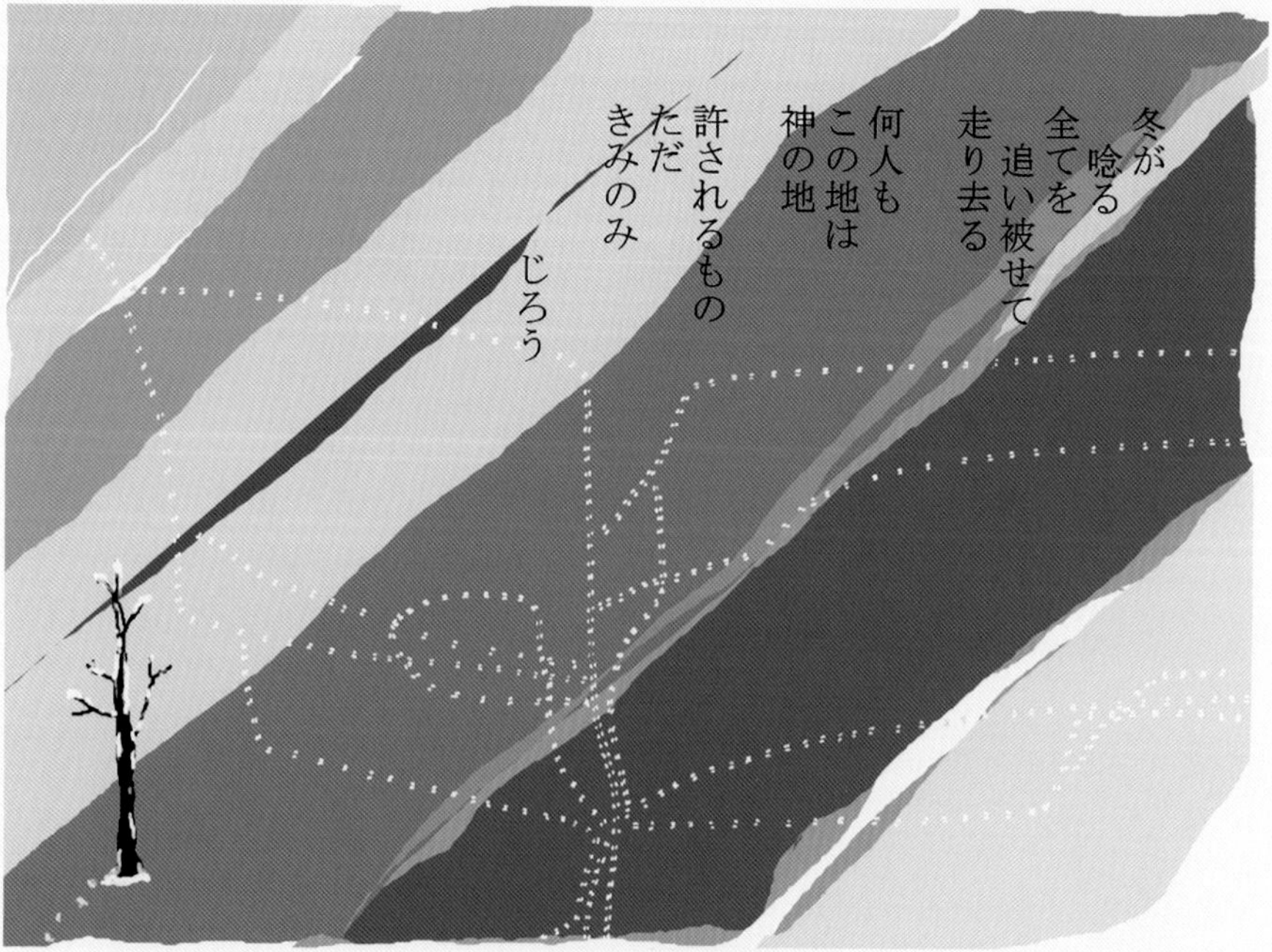

冬が
唸る
全てを
追い被せて
走り去る
何人も
この地は
神の地
許されるもの
ただ
きみのみ

じろう

吹雪の中で

北の雪は
　突き刺さる

深々と
大地に
闇夜の落とし子の
　ように
降りしきる

あたかも
忘れかけた
思い出が
一夜の円舞曲のよう
こころに
　染み込む

だが
　眠りから覚めた
悪夢の夜とは・・・

北の雪は
　人をこうも酔わせる
　人をこうも忘れさす

じろう

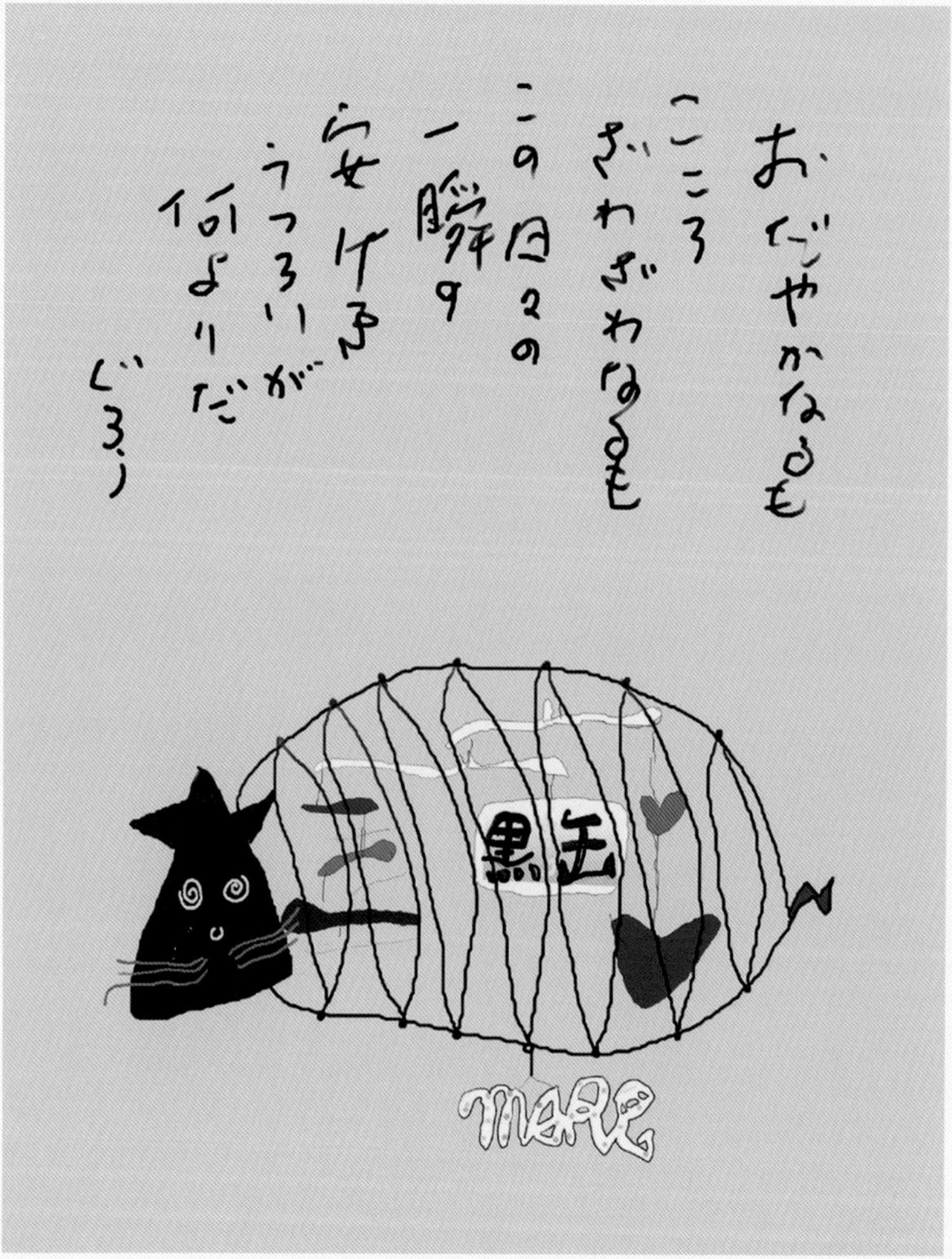
おだやかなるも
こころ
ざわざわなるも
この日々の
一瞬々
安けさ
うつろいが
何よりだ

飾りオモチャ

ひまわり

息も
絶えだえに
夏がおわる
今日に
明日に
あち
こちで
向日葵に似た
一日がすぎる
振り返らずに
もう
八月は
もどらない・・
・・・と

じろう

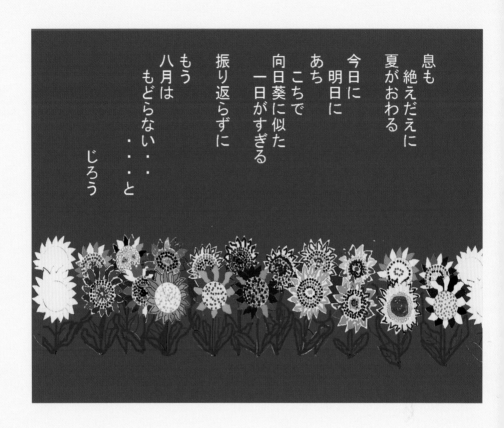

あるき愛

夢を見ながら
　あるく
さも
歩いているように
　あるく
ふりかえらず
脳にしまい込んだ
きのうの夢を
追って
　あるく

ひとりごと

目に入ってくる
耳に聞こえてくる
そこここに
おれがいて
だれかがいる
木霊のように
くりかえし
なにかをつぶやいている

ひとりごと
ふたりごと
もっとのごと

じろう

静寂

静寂のなか
嘘実のなか
時間は
天空に舞い上がる
一点の光陰に
一転の運命に
消え去る
もう
還ることのない
旅人のように

風に舞う

風が舞う
この現実をのがれて
過去に放つ

ひらひらと
ひゅうひゅうと
あてどもなく
闇の中へ

雪が躍る
天の忘れた片身に
未来を宿し

ひらひらと
ひゅうひゅうと
あてどもなく
闇のなかへ

雨が叩く
何事も万事の毎
地への回帰

ひらひらと
ひゅうひゅうと
あてどもなく
闇のなかへ

生きることは難
死することは難
ただ、ただ・・・
在るが如く

じろう

時計のつぶやき

時は
何の前ぶれもなく
やってくる
今日もまた
明日もまた
ひたすらに
刻む

時は
何のためらいもなく
よってきて
小声でつぶやく
これでいい
あれでいい
そして消える

時は
何のとがめもなく
言い放つ
由につけ
悪さにつけ
夢みることに
よこをむく

時は
何の意味もなく
ふととまる
帰らぬ人を
待ちわびて
未来に
別れる

時は
ひと時
このときに
望みあわした
者たちだけが
愛を
ひとりじめ

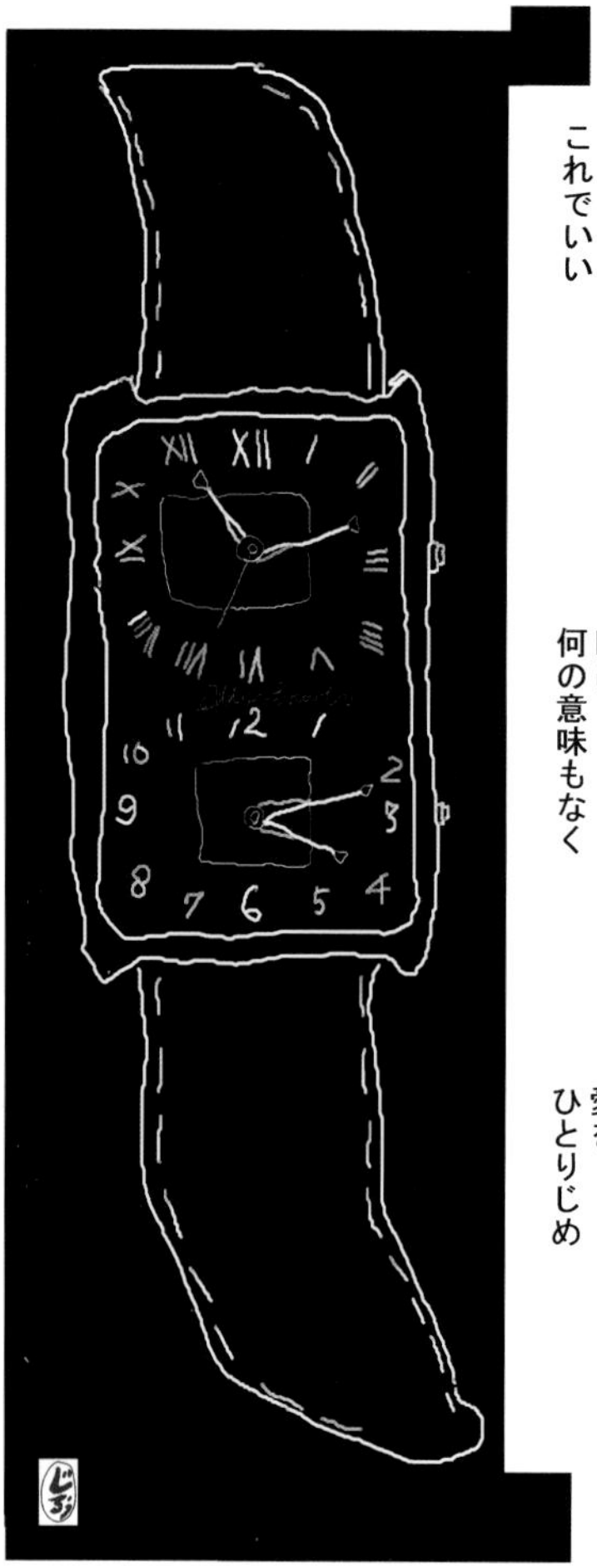

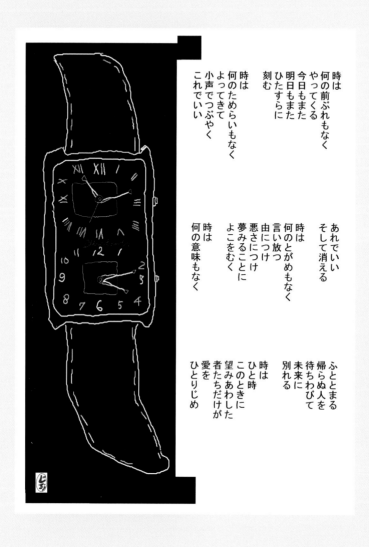

時として

時として
人は夢をみる
遠い時空の星の
ほんの一瞬の輝きにも
今を・・・忘れる
時として
人は過去をみる
かつて戻れぬといえ
郷愁の淵に彷徨う吾
今を・・・重ねる
私は
この人生において
折り返しの起点に
佇んでいる
運命の囁きか
なかんずく
これが・・・
私なのか・・・と
しかし
今・・・
今を生きる
何事にも
今を大切に
生きるしか答えは
見つからない・・・
じろう

つぶやき

闇から
　闇へと
行き間のない
世界がつづく

ひとは
　あえて
　いこうとする
それが意味のない
不遜なやさしさで
あろうと

いま
　ひとは
　どこへいこうと
喘いでいるのか・・・

じろう

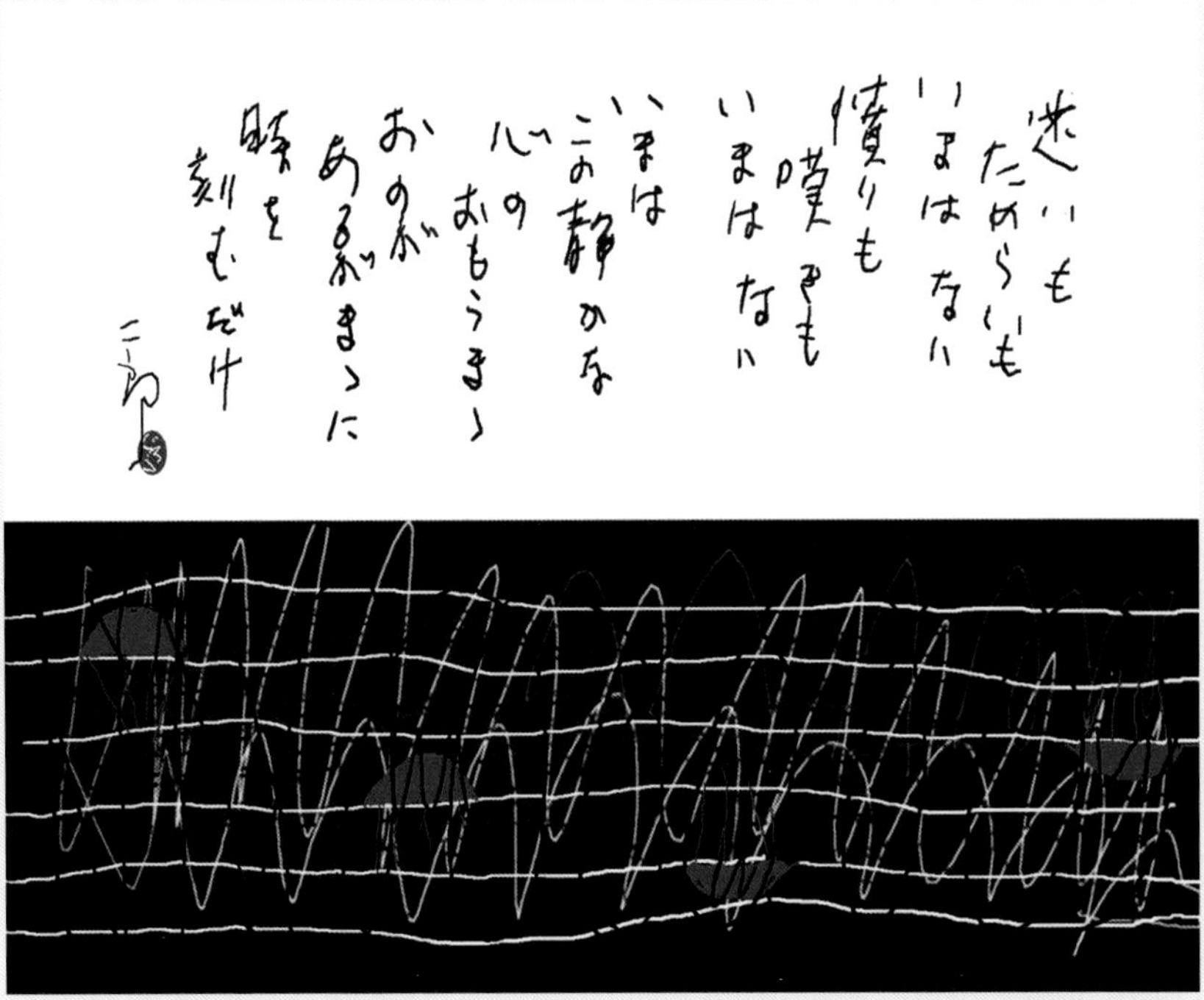
迷いも
ためらいも
いまはない
憤りも
嘆きも
いまはない
いまは
この静かな
心の
おもうまゝ
おのが
あるがまゝに
時を
刻むだけ

こころの思い

惡貌は
臥牛の
取り残り
色こそ
去りしを
生ハしを
まれしとて
故郷よ
ふおき
二郎

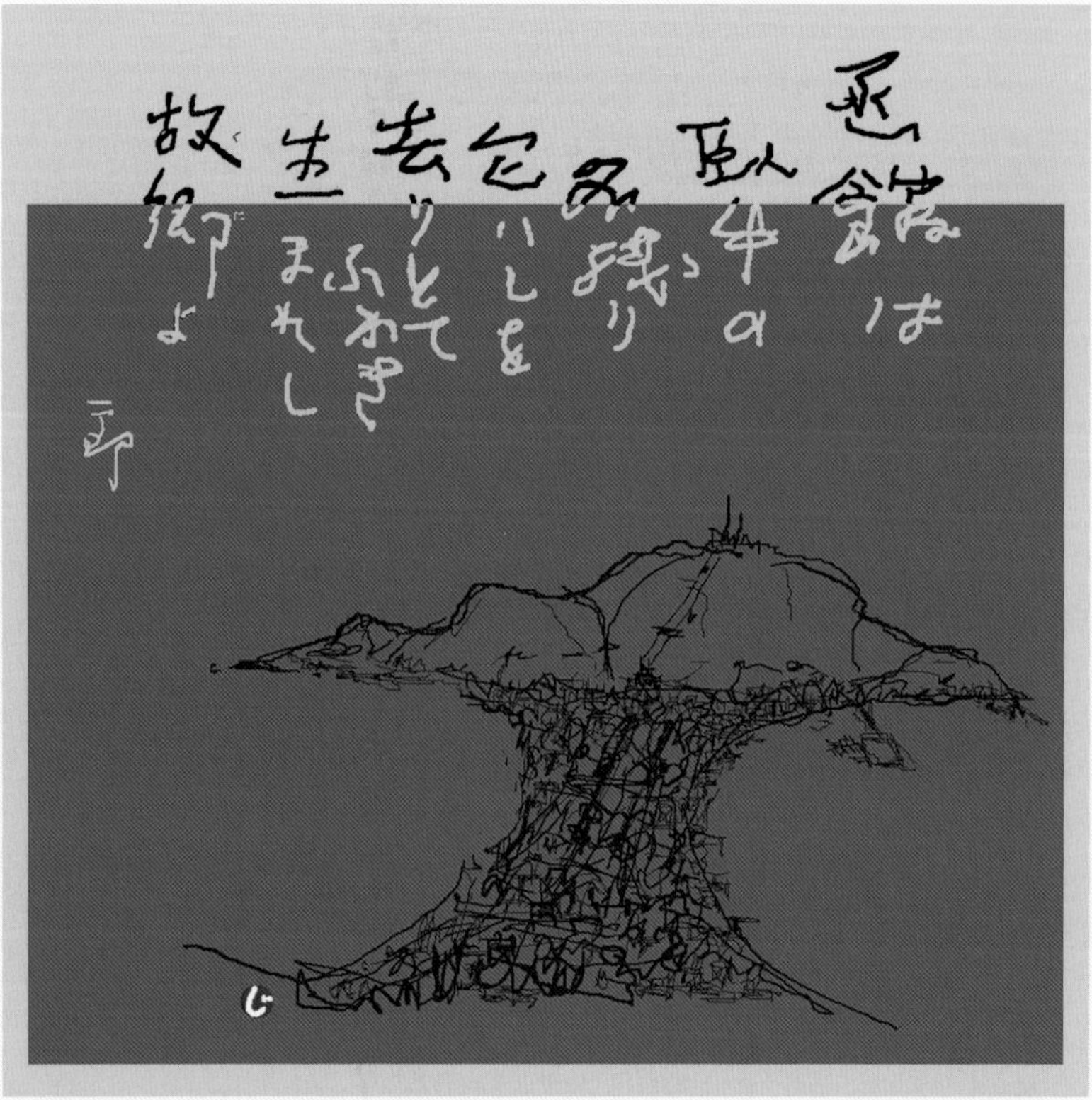

臥牛山景

無題

遠き昔の
語り草
ついこの間のことのよう

わたしの
知っている
あの子のしぐさが
懐かしい

月下静寂

闇夜に
　うごめく
ゆらゆら
　しんしんと
いさり火たちの
　一夜の宴が
　　はじまる

　月下静寂

長い
長い
帳の果てに
一瞬のまばたきに似て
今日も夢見る

　臥牛山

大森浜

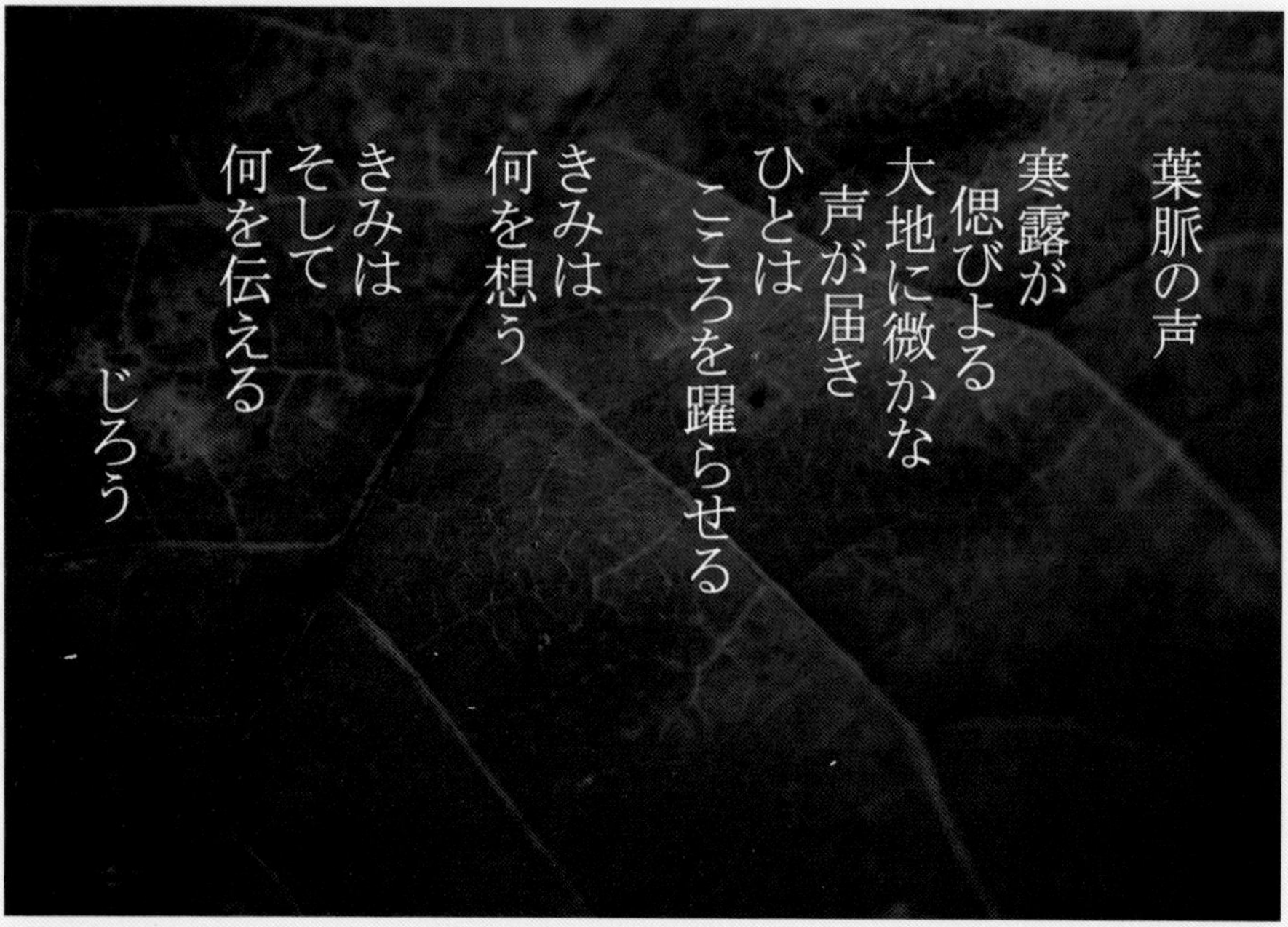
葉脈の声
寒露が
偲びよる
大地に微かな
声が届き
ひとは
こころを躍らせる
きみは
何を想う
きみは
そして
何を伝える
じろう

葉脈の声

猫 シリーズ

我が家には二十数年、生きた
驚く猫がおります。
その名は「ネネ」といいます。
私が赴任するまえからいた先輩です。
ですから、一目おいて接ししなければ
なりません。
そんな訳で
「ネネ」を詠んだ詩画を描きました。

尻尾って
ふって
ふって
なんぼのもの
尻尾って
まか不思議なもの
おいても
ないても
威厳のあるもの
じろう

尻尾振って……

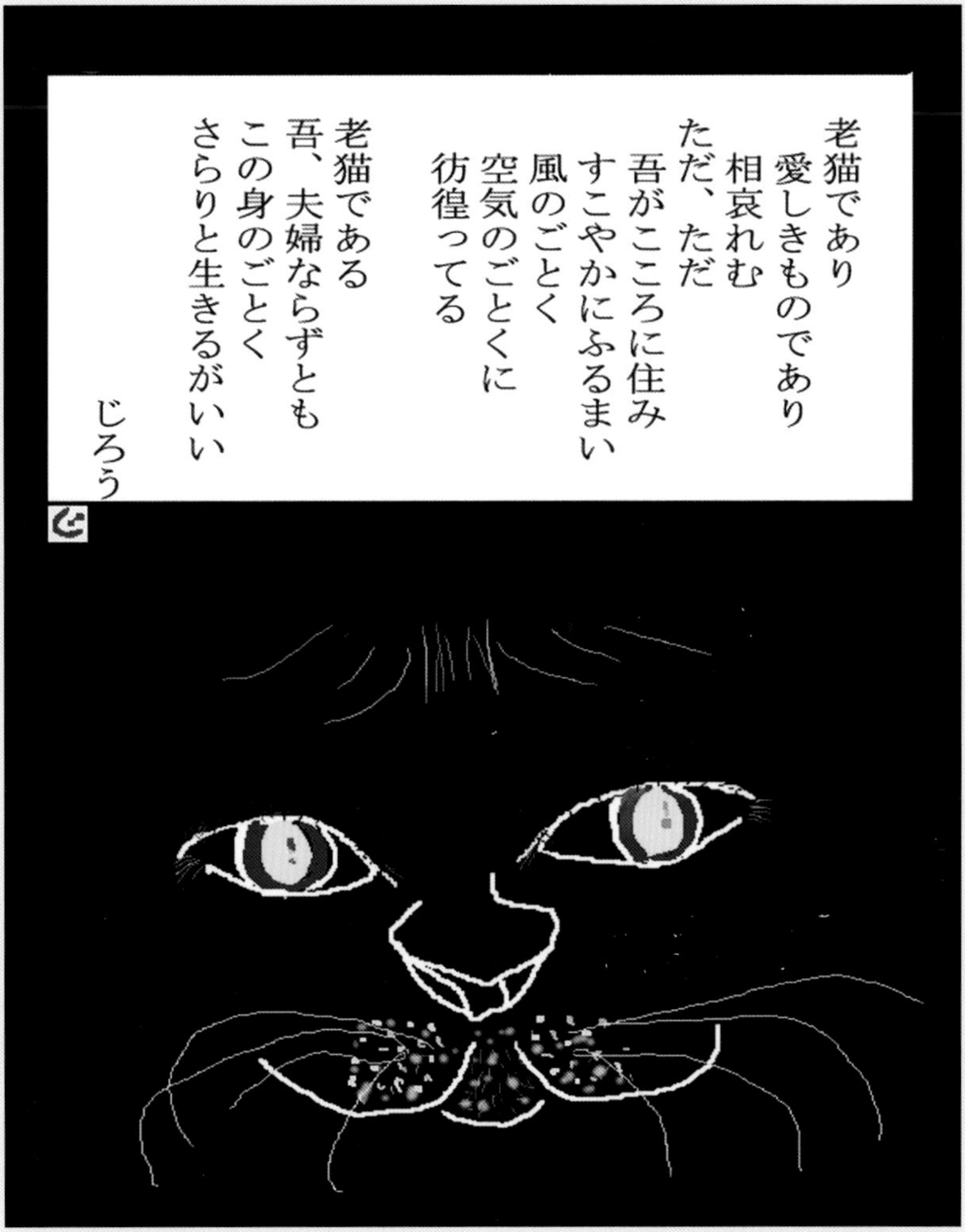
老猫であり
愛しきものであり
相哀れむ
ただ、ただ
吾がこころに住み
すこやかにふるまい
風のごとく
空気のごとくに
彷徨ってる

老猫である
吾、夫婦ならずとも
この身のごとく
さらりと生きるがいい
じろう

老ネコだぞう……

私ハ ネネ デス
何ノ取得ノナイ
タダノ猫デスガ
立派ナ家族ノ一員デス
遅咲ノ30才.
コレカラモ
コノ家ノ片スミデ
猫人生オ送リマス

ネネの独り言 一

私ハ三食
昼寝付キ
決シテ
ゼイタク者デワ
有リマセン
静カナ
オトナシイ
何ンノ苦ミモ
ナラナイ猫デス
ダカラ…
"ボーッ"トシテイル
コノ瞬間オ
許シテネ…

ネネの独り言　二

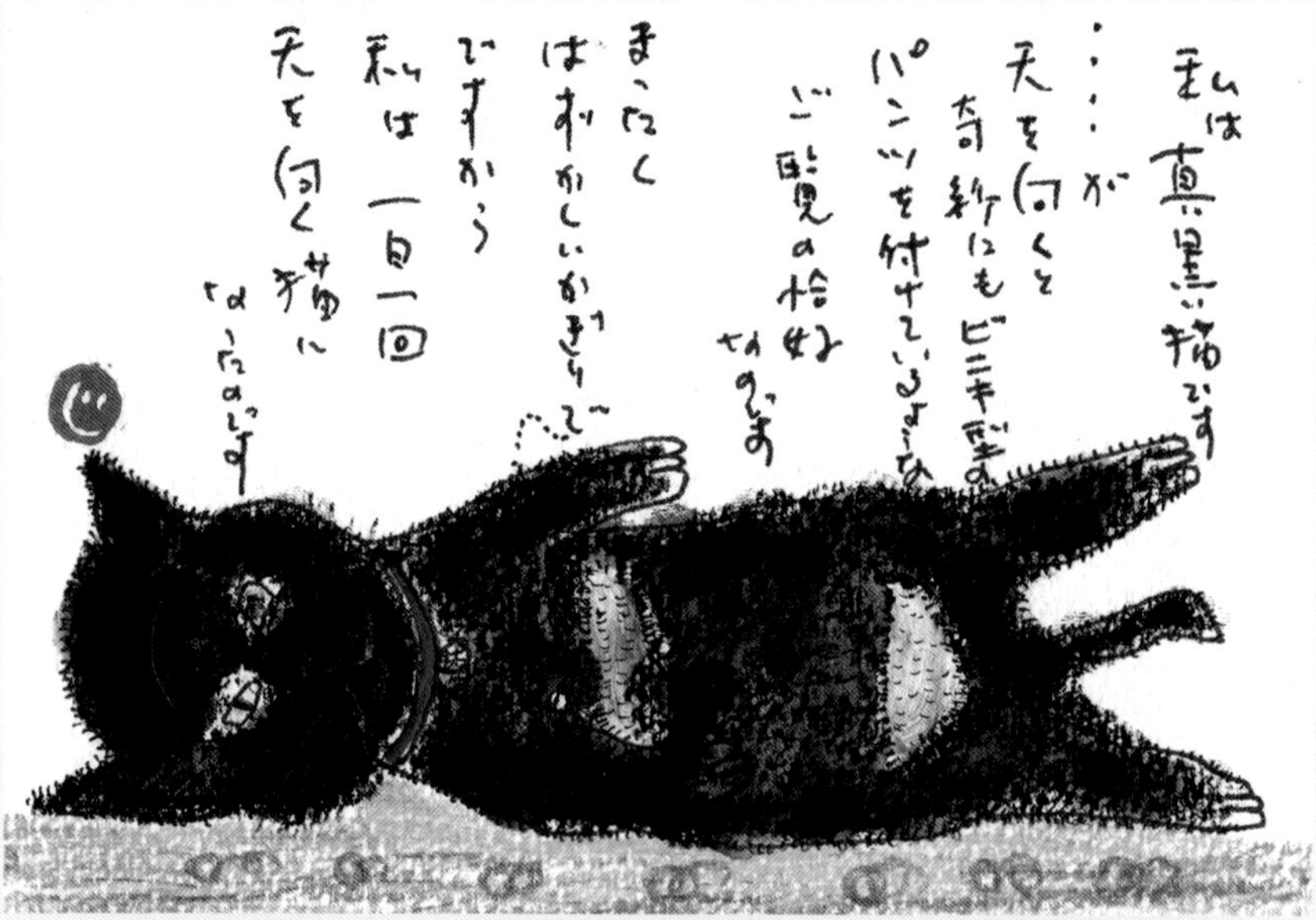
私は
真黒い猫です
・・・が
天を向くと
奇妙にもビキニ型の
パンツを付けているような
ご覧の格好
なのです
まったく
はずかしいかぎりで
ですから
私は一日一回
天を向く猫に
なったのです

ネネの独り言　三

ワタシ　ハ
モウ　オバアチャン
マイニチ　コワケニシタ
ゴハンヲ　タベ
カルシューム、ビタミン、
ゲザイノクスリヲノミ
マイニチヲスゴシテイル。
ネテ・・・
タベテ・・ネテ・・。
ワタシガイルコトデ
カゾクノアイトヘイワガ
アルッテ
サイコウ・・・サネェ・・。
じろう

ネネの独り言　四

肉球の詩

ネネバアチャン
九十才ニナッテモ
コノメンコサハ
カワラナイ
ココロクスグル
キミノ
ニクキュウ
ジロウ

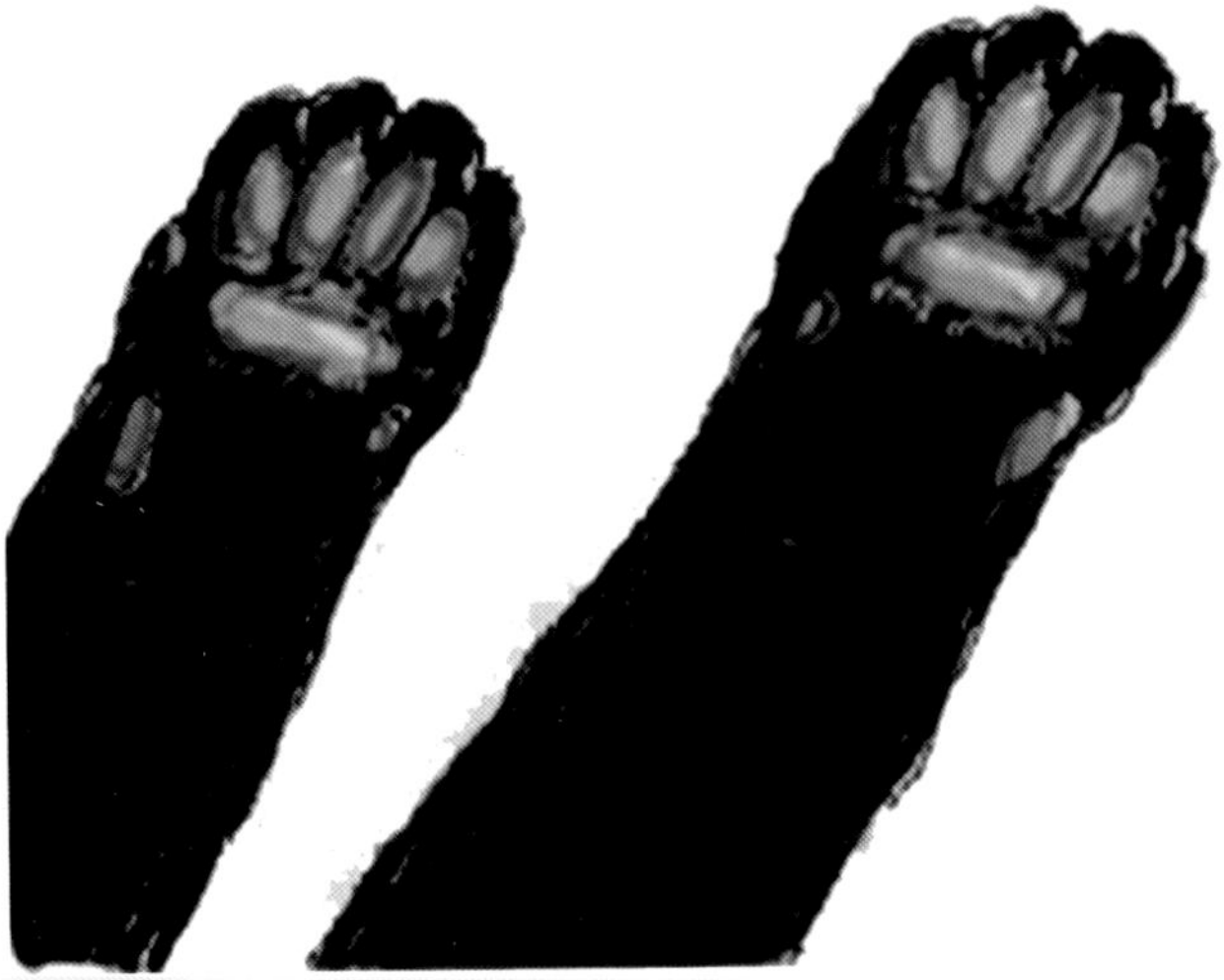

しあわせ太りのネネ

背中を丸めて
夜もすがら
猫にも似つかぬ
なき声で
今日の晩飯せがむ奴
ネネ婆さんは
健在だ
御歳いくつの
喰い地かな
しあわせ太りの
ネネ婆さん
二郎

二人は恋人同志
おたがい
ぬくもりを
わけあって
いつも一緒
こんなことが
あっていいもの
じょうか
・・・・犬の独り言

おっとの独り言

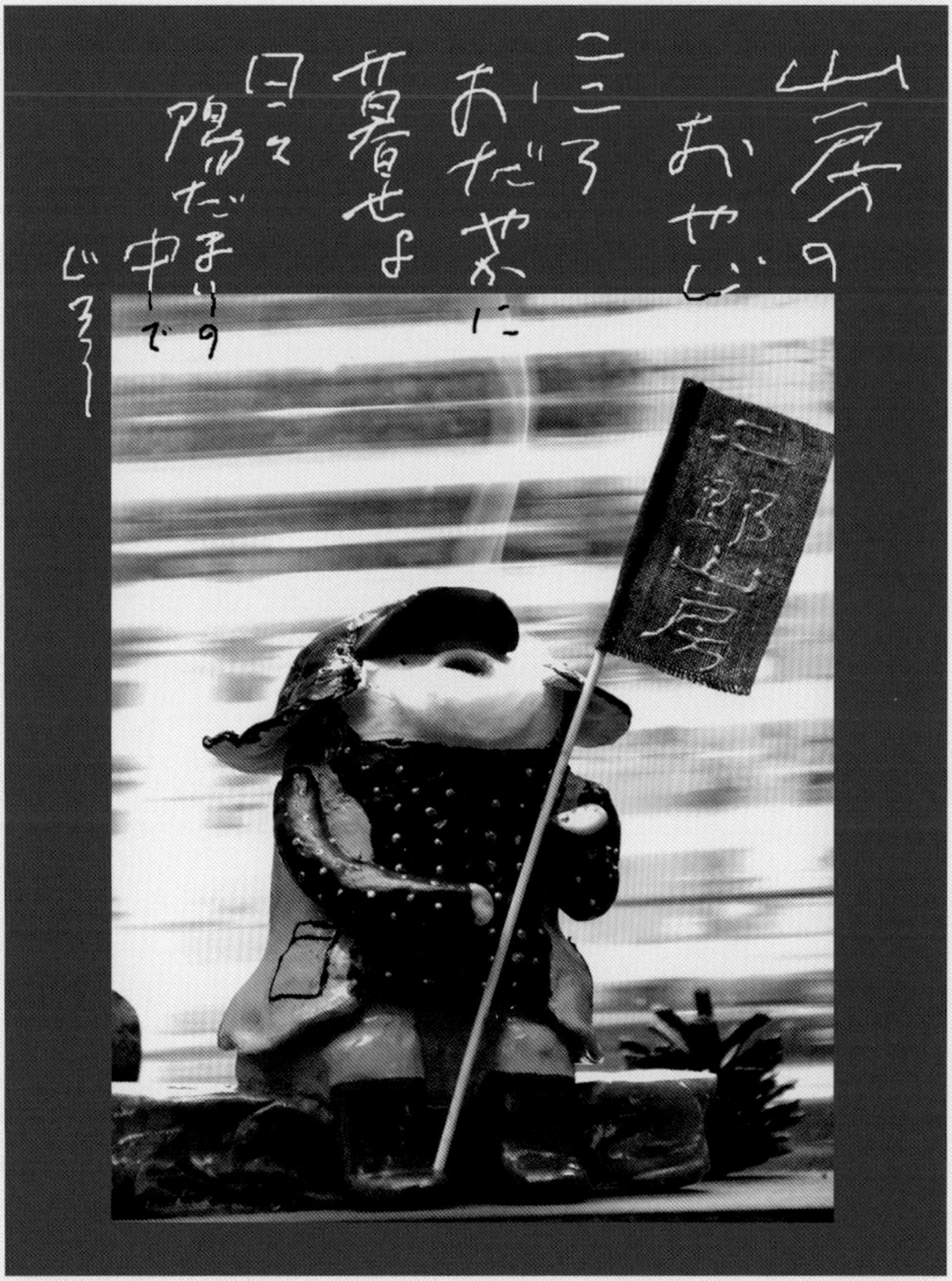
山房の
おやじ
こころ
おだやかに
暮せよ
日々
陽だまりの
中で
じろ〜

山おやじ

沖縄
美ら海水族館にて　一

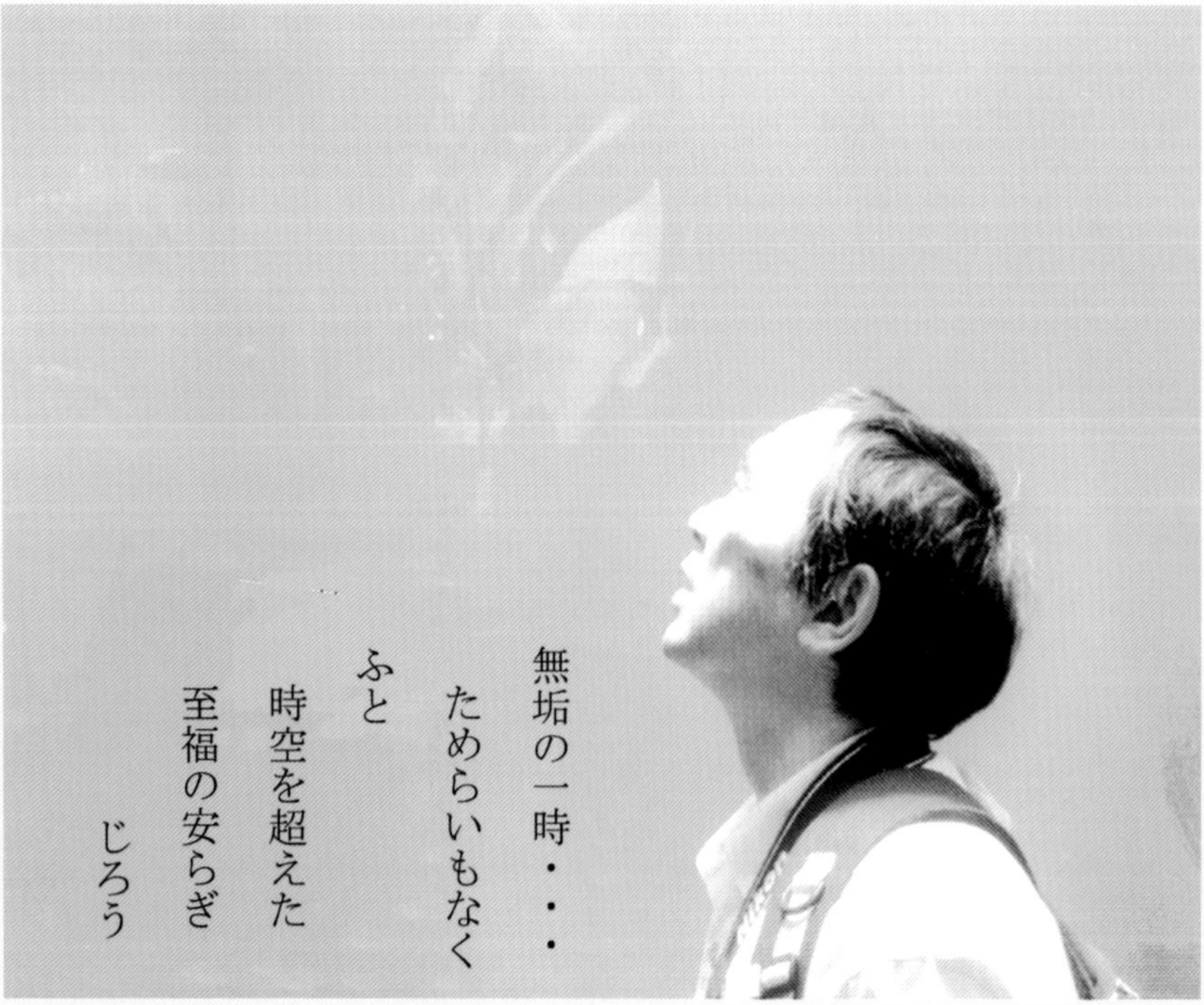
無垢の一時・・・
ためらいもなく
ふと
時空を超えた
至福の安らぎ
じろう

沖縄
美ら海水族館にて　二

時には　この一瞬が
何ものにも
かえがたい
こころの
対話である
非日常の
やすらぎ・・・
じろう

ハバナのジョージとネネ

十二単の森
いつしか
咲き誇る森
そこは
神秘の輝きに
似た
狂わしく
芳醇な香りで
ある
十二単の森
いつしか
踏み込む
永遠の森・・・　なのかも
知れない

十二単の森

ウクライナへ……

ウクライナ　へ

いま　書かなければならないことがある
いま　言わなければならないことがある
いま　伝えなければならないことがある
いま　記憶《おぼ》えなければならないことがある
いま　忘れてはならないことがある
いま　愛さなければならないことがある
いま　助けなければならないことがある
いま・・・
いま・・・
いま・・・
いま　生きていかなければ
　　ならないことがある
いま　世の中が
一つにならなければならないことがある

じろ[redacted]

ハンドクラフト
作品

ハンドクラフト　掲載作品

ツリーハウス　1

230×260×330 mm

ツリーハウス　2

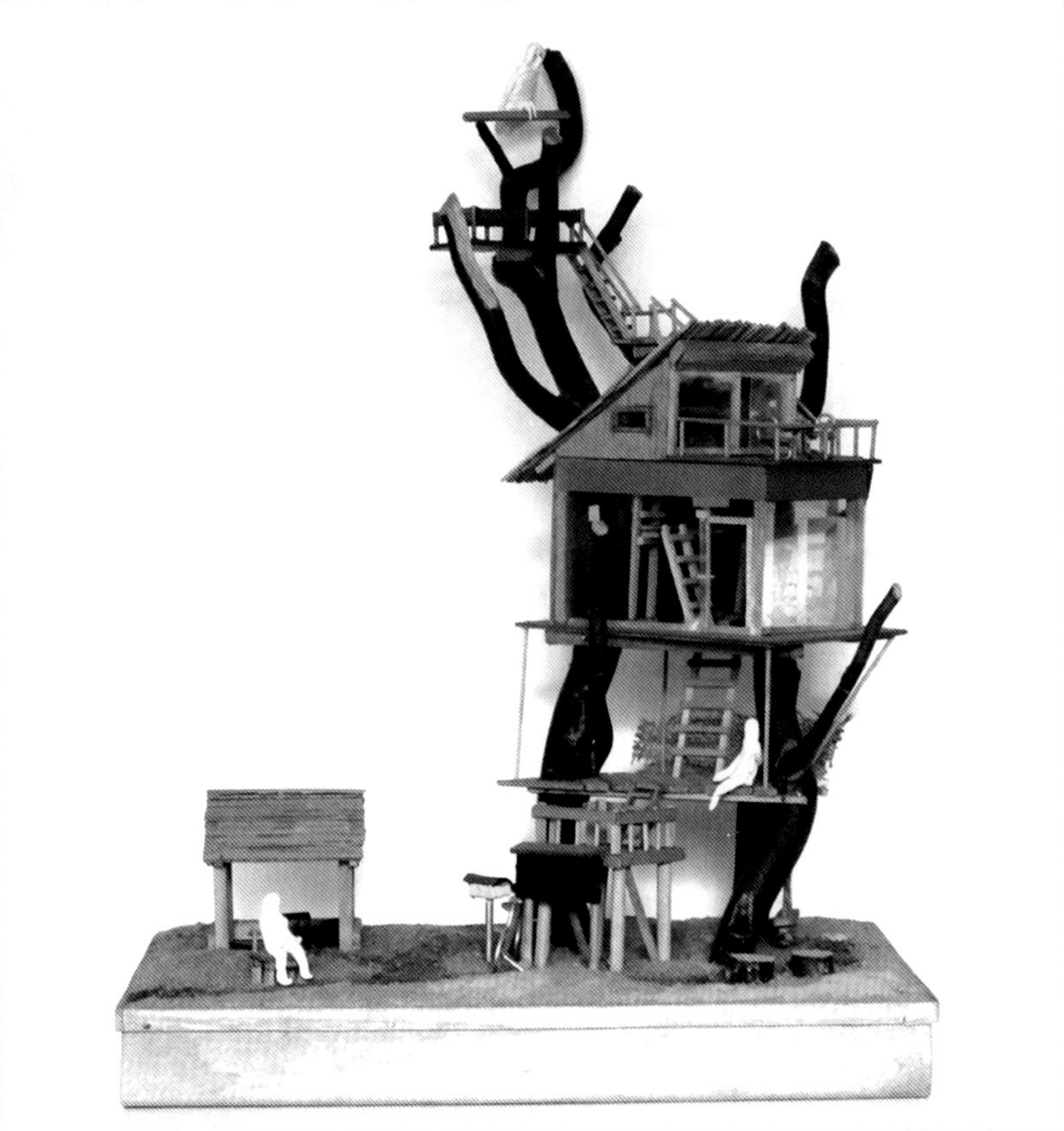

240×340×400 mm

バードハウス

240×340×400 mm

壁掛け飾り

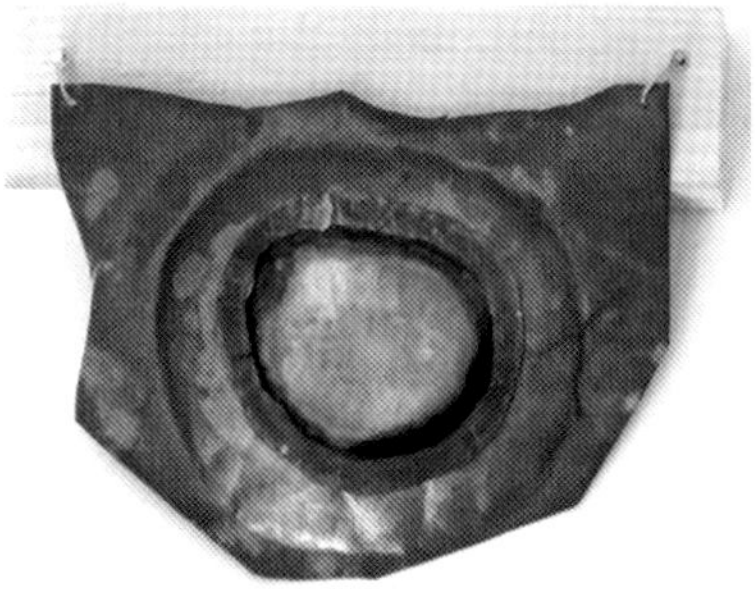

100×80 mm

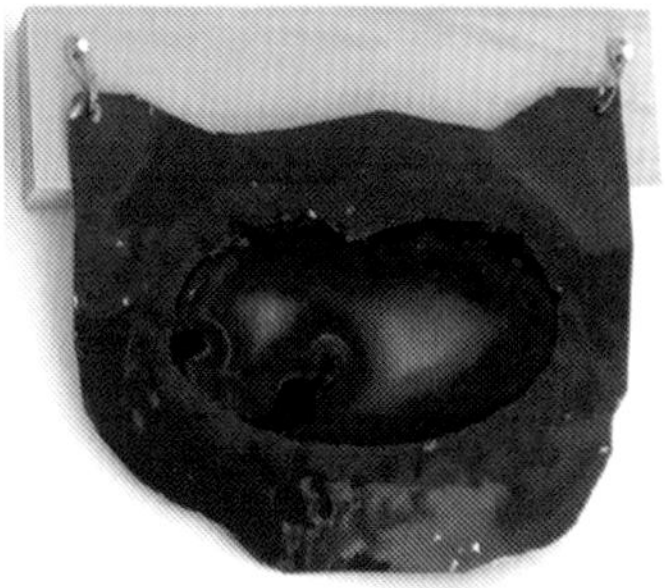

110×70 mm

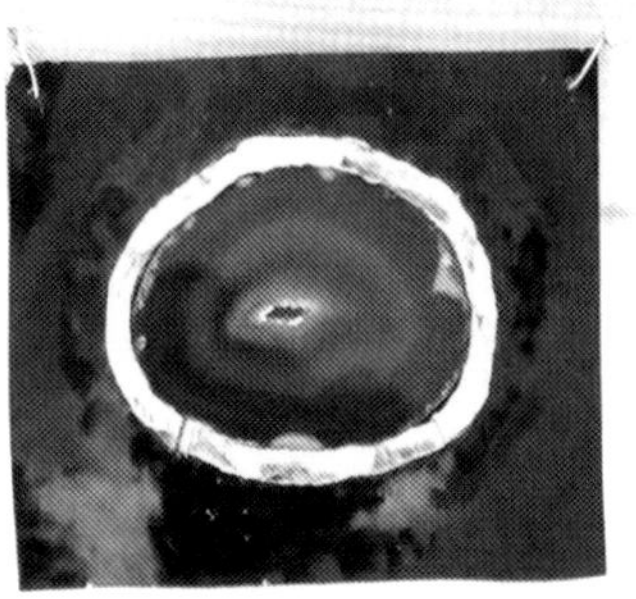

100×80 mm

スキーとエレキギター

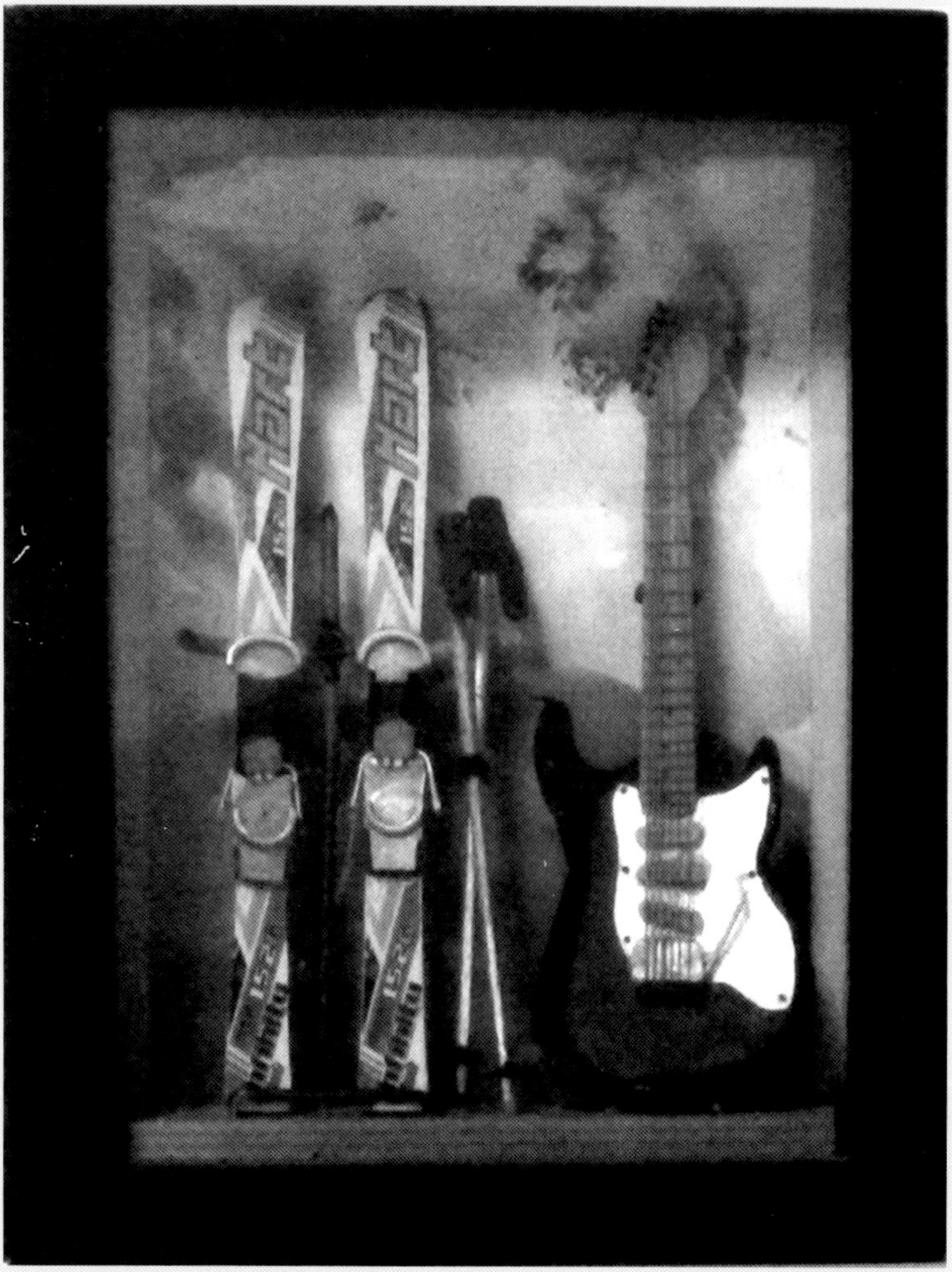

200×150×60 mm

昔のザックとスキーとカンジキ

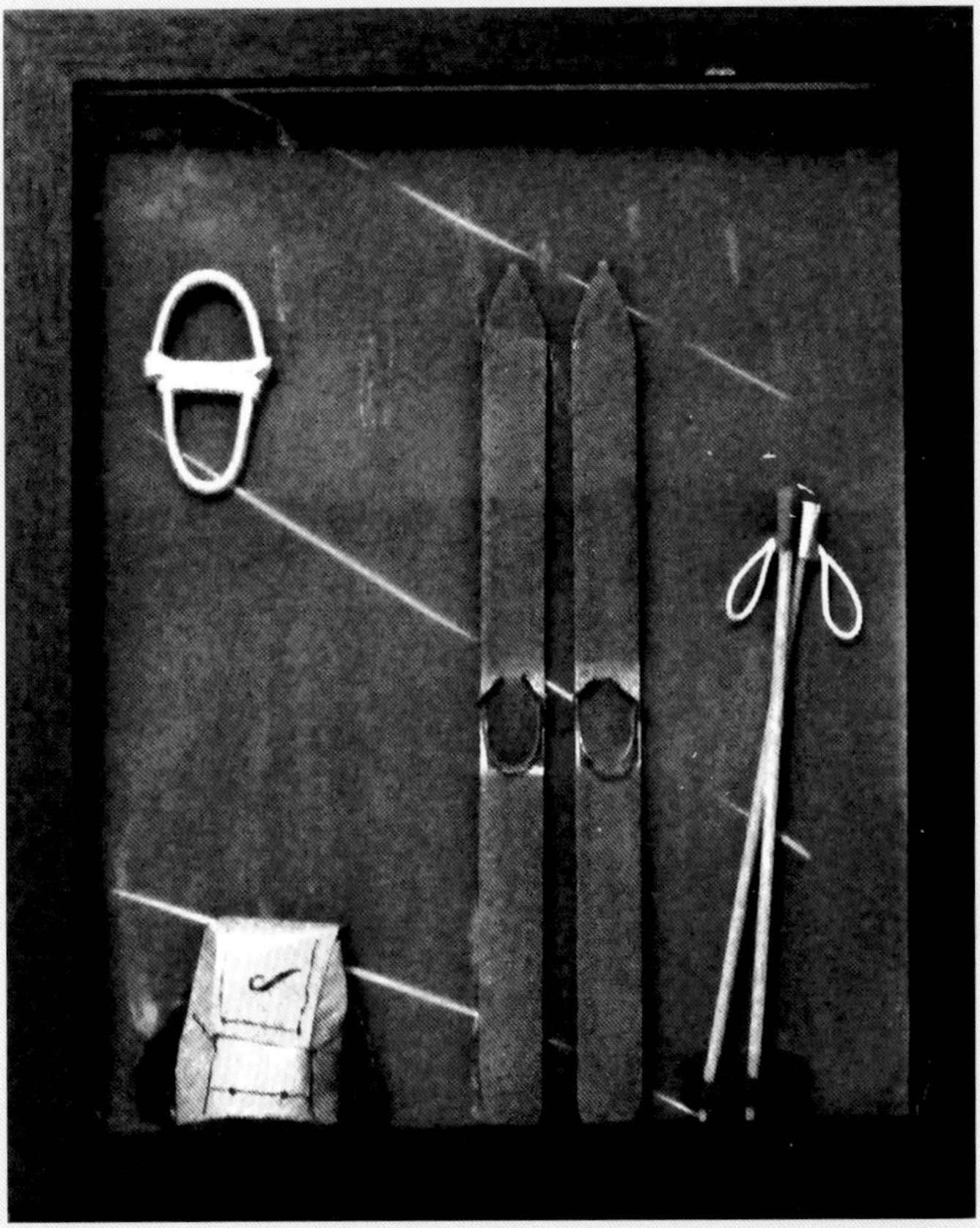

280×150×30 mm

ネコのめくり絵

130×170 mm

中空土偶

260×200×140 mm

玄関の外灯

280×190×90 mm

ネネのポスト

420×270×160 mm

家のモジュール　1

250×310×150 mm

家のモジュール　2

150×200×120 mm

電車通りのモジュール

200×300×150 mm

坂道の家のモジュール

170×100×50 mm

自転車各種（アルミ線）

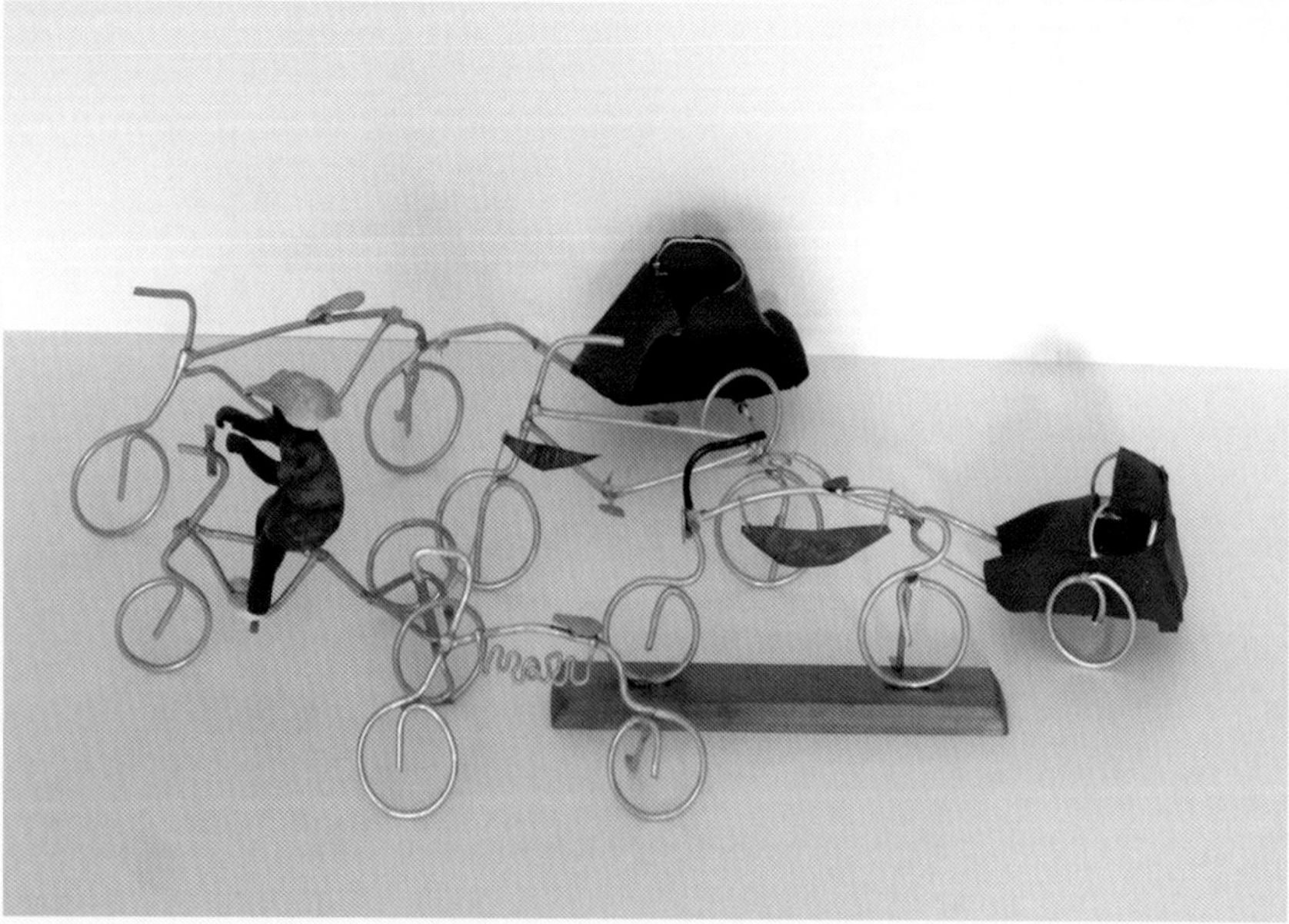

人力車とツクツク（タイ三輪車）、荷車（アルミ線）

150×170 mm　　140×90 mm　　140×30 mm

ドラムセット

160×210×100 mm

リング（指輪）の収納台

230×290 mm

リング（指輪）のネコ型収納台

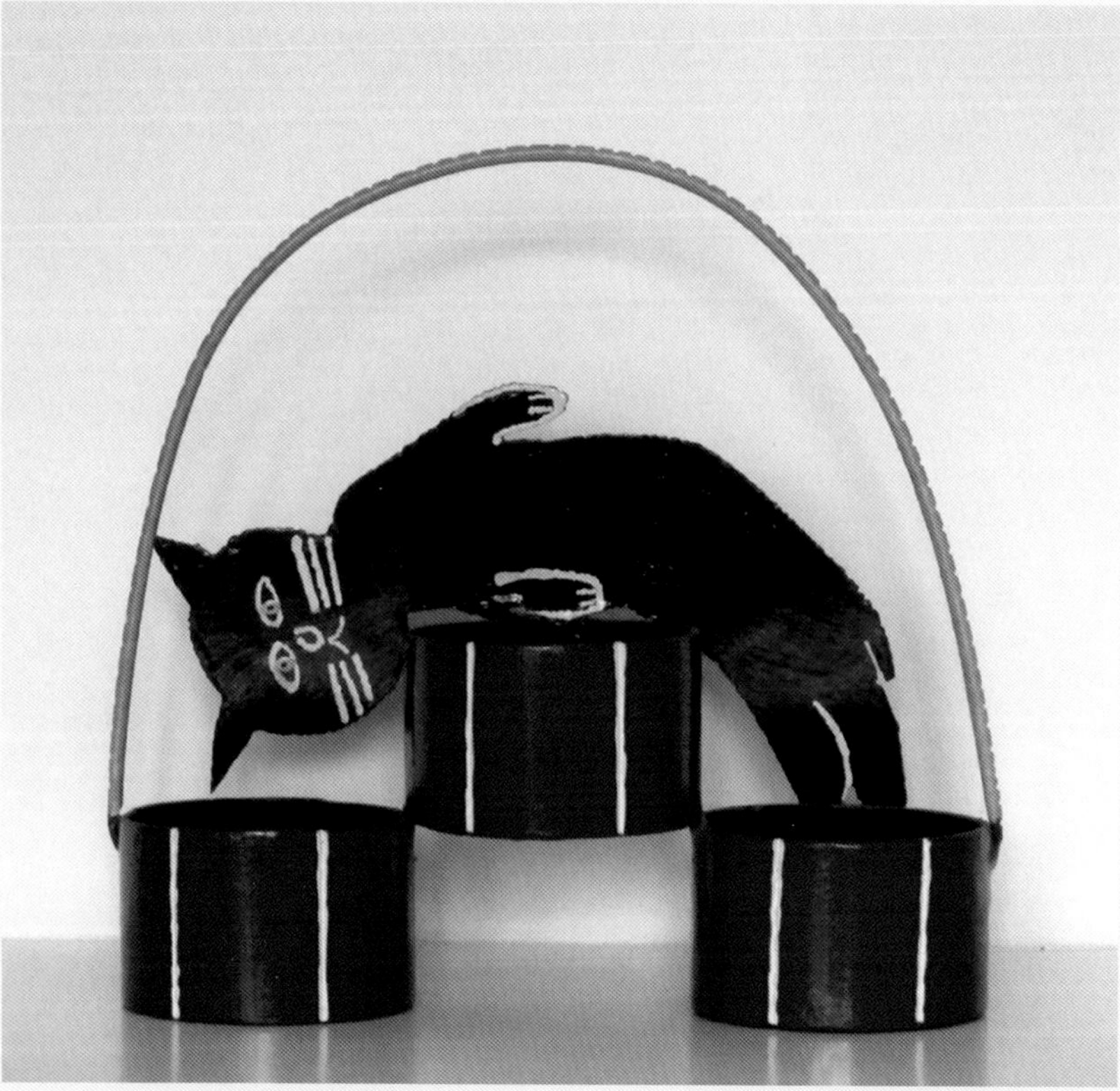

130×230 mm

ネコ型蚊取器

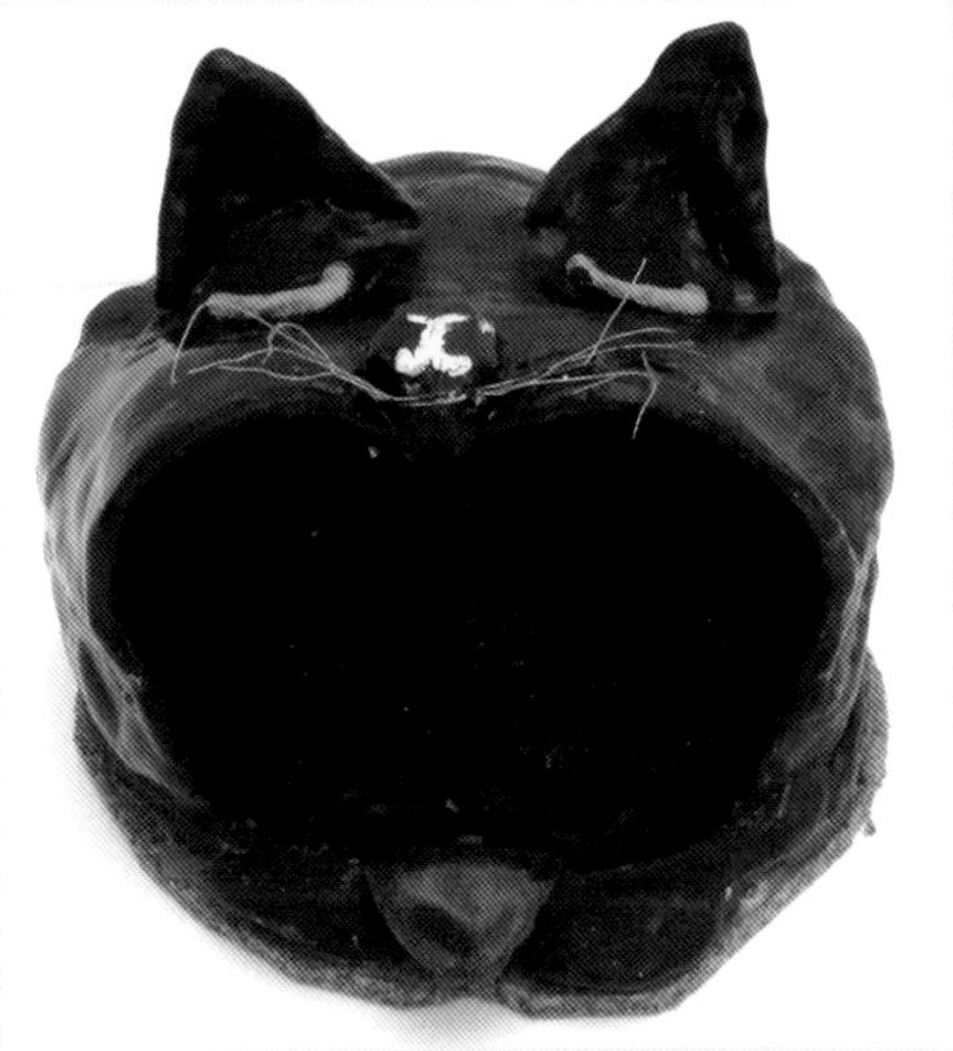

90×90 mm

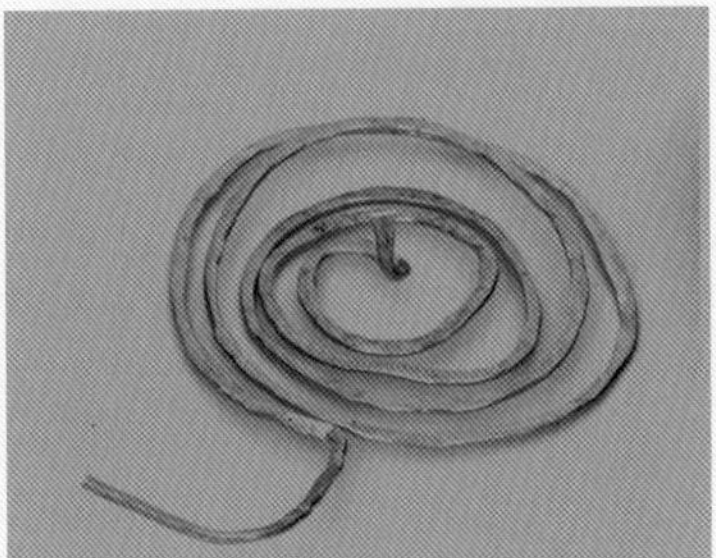

線香立て

スウェーデン式鍋敷き

90×90 mm

カレールーのパッケージ器

100×260×200 mm

※冷凍用にルーをパッケージする器具

髭ジジイとベンチ坐像

85×90×45 mm

ギリシャ風壁飾り（厚ボール紙）

670×740 mm

町並みとライトレール

540×780 mm

郊外のライトレール

900×2200 mm

人生の格言風ことば

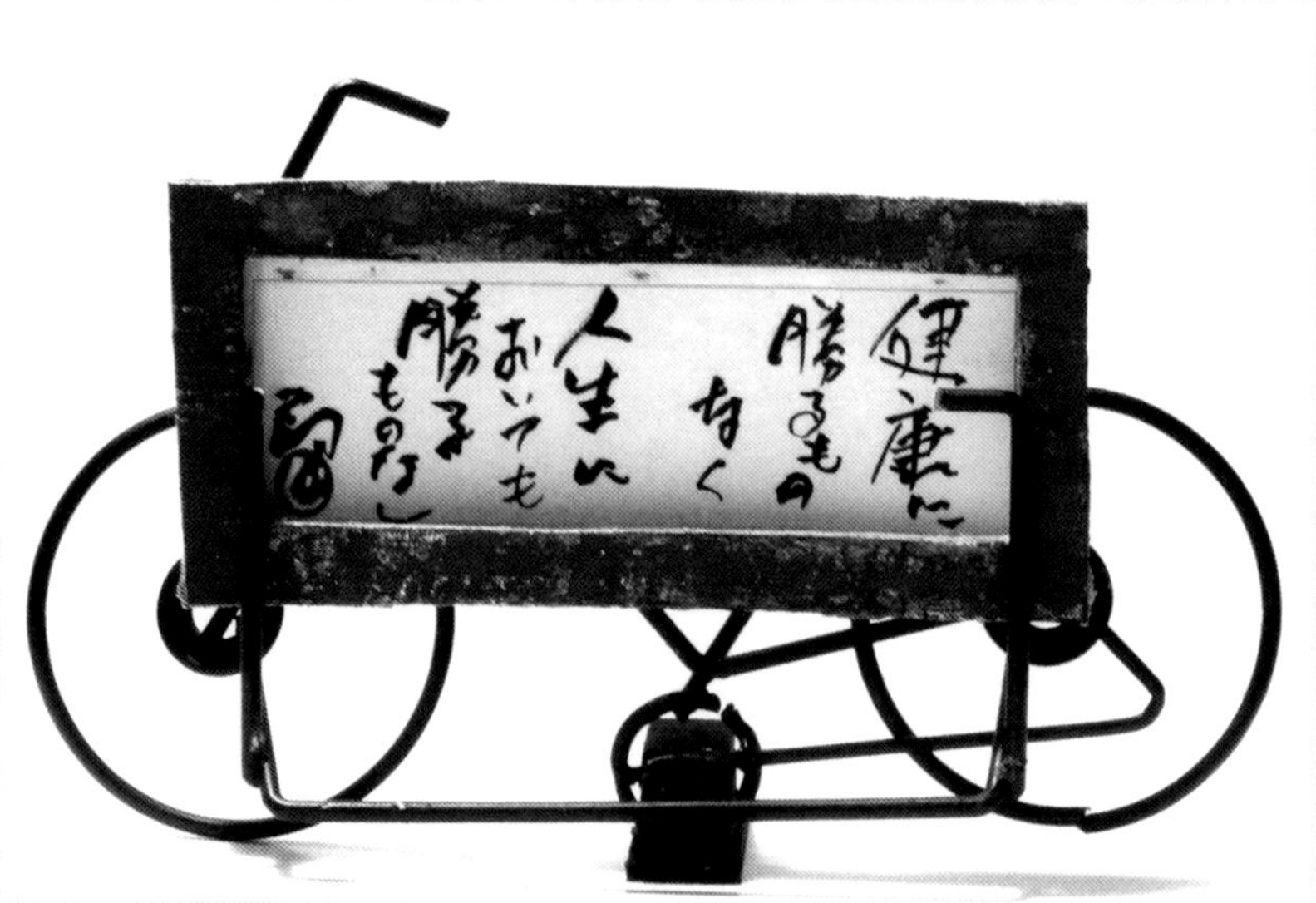

80×140 mm

ハイカラ号（函館チンチン電車）

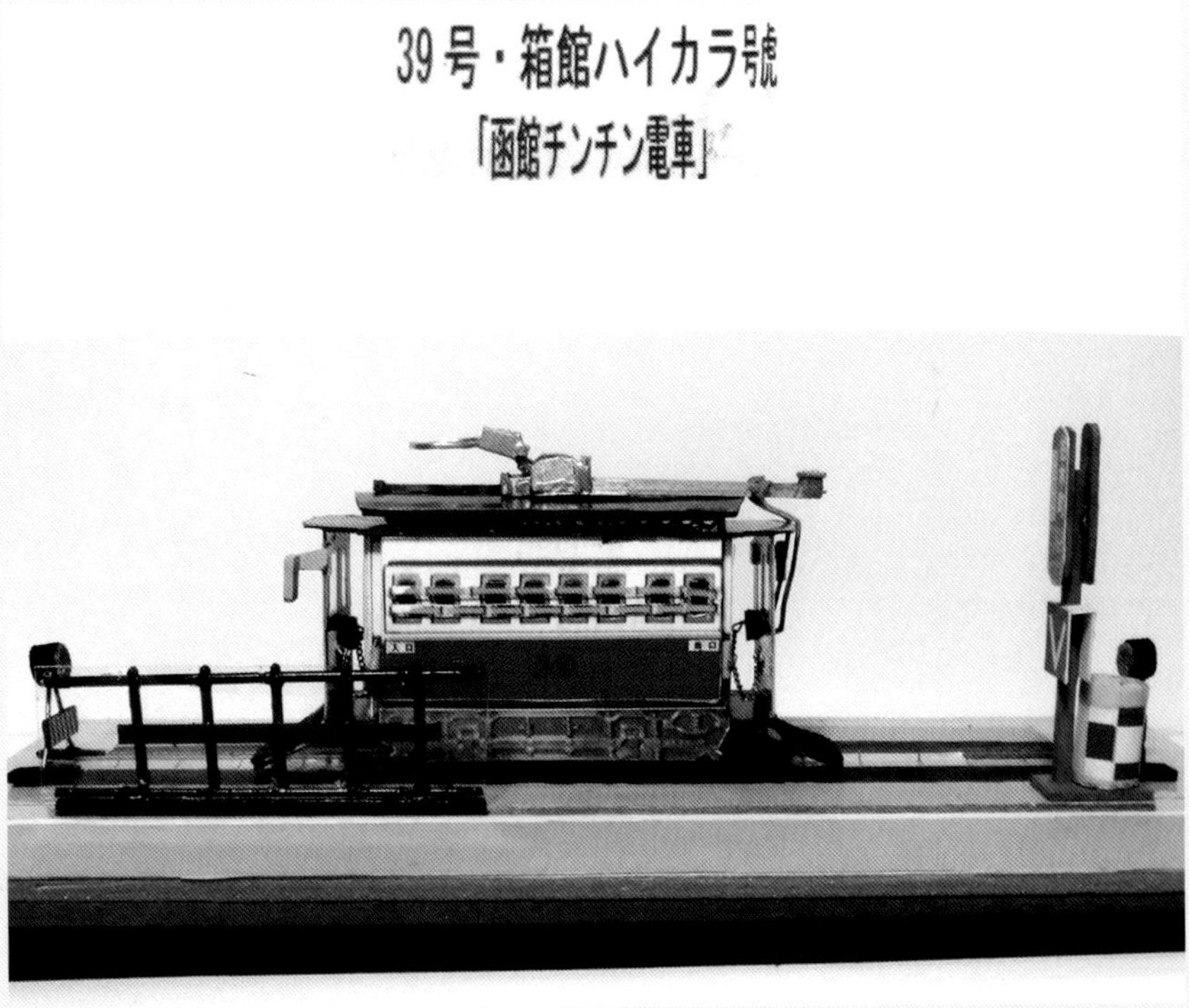

180×120×50 mm

打瀬舟

190×180×60 mm

軽トラックの模型（ペーパークラフト）

120×180×80 mm

神林　二郎（かんばやし　じろう）

1945年　函館生まれ
1969年　東北学院大学英文科卒業
二十数年、埋蔵文化財発掘調査にかかわる。

詩画の独り言・おもしろはんどくらふと

2023年8月20日　初版第1刷発行

著　　者　神林二郎
発 行 者　中田典昭
発 行 所　東京図書出版
発行発売　株式会社 リフレ出版
〒112-0001　東京都文京区白山 5-4-1-2F
電話 (03)6772-7906　FAX 0120-41-8080
印　　刷　株式会社 ブレイン

ISBN978-4-86641-647-2 C0095
Printed in Japan 2023